JN282471

「え？　あっ、ちょっと……っ」

何の躊躇いもなく血の浮いた指を口に含んでみせる。

生温かい口腔に包まれた指先が、きつく吸い上げられた。

舌先が傷口をなぞるように触れ、さらにきつく吸われる。

（P28より）

下僕は従順な悪魔

榛名 悠

illustration:
宮沢ゆら

prism bunko

CONTENTS

下僕は従順な悪魔

「司様《つかさ》、おはようございます。今日もいい天気ですよ。ほらほら、そろそろ起きてください。学校に遅れますよ」

シャッと小気味いい音とともにカーテンが開かれ、温厚そうな声が夢見心地の身体をやさしく揺さぶった。

薄暗い室内が一気に明るい光で満たされる。

たっぷりと差し込む眩しい朝日から顔を背けるようにして、司はオーダーメイドの枕に顔を埋めた。先月の誕生日に新調したばかりのものだ。

「……んん…………眠い」

「昨夜もまた夜更かしなさいましたね？　おや、オセロですか」

もぞもぞと布団に潜り込もうとする司をやんわりと阻止しながら、祖父と孫ほど年の離れた執事が円卓を見やった。卓上には緑色の盤。その周辺に両面が白黒の石が散らばっている。

「オセロ？」と司は寝《ね》ぼけ眼《まなこ》をそちらに向けた。

「……あー、持ち込んだヤツだ。俺と遊びたいって言うから、仕方なしに遊んでやったんだ。庶民の遊びらしいぞ……夜更かししたのはアイツのせいだ」

その上、遊んでくれと言いながら、俺に勝とうとするその根性がムカツク。

ちょっと困ったような顔で「すみません」と謝る年上の下僕のことを思い出して、司は寝起きの顔を盛大に歪ませた。夜更かしの原因は、負けず嫌いの自分が納得のいく勝利が得られるまで何度も挑んだからだ。そうしていつの間にか寝てしまったらしい。

ぶつくさ呟きながら、気怠げにベッドから下りる。あくびをしながら床に立った司の寝巻きのボタンを、当たり前のように跪いた老執事が一つずつ素早く外していく。いつもの朝の風景。銀縁眼鏡の奥で皺の刻まれた目元が柔和な笑みを湛えた。

「楽しそうですね。今度は是非私も誘ってください」

「お前もオセロできるのか？　色は同じだけど囲碁じゃないぞ？」

母に見つかれば、はしたないと注意を受けそうなほど大口を開けてあくびを繰り返す司に、彼はにっこりと笑って「よろしければ、司様が私にやり方を教えてください」と言って寄越した。仕方ない。お前がそこまで言うなら教えてやらなくもない。実は俺も昨日初めて知ったんだけど、とは言わずに、「じゃあ今夜な」と少し得意げに告げる。

司に着せた制服のタイを結びながら、老執事が嬉しそうに微笑んだ。

「さあ、急ぎましょう。旦那様と奥様はすでに席についておられます。シェフも司様を待っておりますよ。今朝はシェフ特製、司様の大好きなふわふわオムレツですから――」

――ピピッ、ピピッ、ピピッ……。

唐突に耳障りな甲高い電子音が鳴り響き、パンッと水風船が破裂したように、強制的に夢の世界から現実世界に引き戻された。

「……ふわふわオムレツ……あれ……？」

まるで小学生の頃に戻ったかのような甘ったれた自分の声で、目が覚める。

甘くて幸せな夢の残滓《ざんし》が、咄嗟《とっさ》に掴もうとした指の隙間から嘲笑《あざわら》うかのようにすり抜けて、こぼれ落ちていく。生ぬるい空気に溶け込んで、瞬く間に消え失せた。

ぼんやりと開いた目に映るのは、あちこちに染みの浮いた古い天井。背中には薄い布団と畳の感触。

「……あ、……夢か」

言葉にした途端、むなしさが胸を占める。

それを振り払うように南波《みなみ》司は長いため息をついて、しつこく鳴り続けているアラームを止めた。

薄い安物のカーテンから初秋の穏やかな朝日が差し込む。

のそりと上半身を起こし、首を回した。立ち上がって布団を畳むと、日に焼けて毛羽立った畳の隅に押しやり、替わりに壁際に避けていた座卓を引き戻す。それから申し訳程度の炊事場で顔を洗い、歯を磨き、その合間に食パンをトースターに突っ込む。ヤカンでお湯を沸かしつつ、マグカップを取り出しインスタントのコーヒーを適当に入れ、口をゆすいで、着替える。トースターが間抜けな音を立て、ヤカンが白い湯気を吐き出す。

「……いただきます」

座卓に自分で準備した質素な朝食で、司の朝は始まる。

朝が来れば当たり前のようにやさしく起こしてくれる執事はいない。手作りパンやふわふわオムレツに薫り高いコーヒーを出してくれるシェフもいないし、顔を合わせれば頭を下げて世話を焼こうとする使用人たちもいない。すべて自分でやらなければいけないのだ。

しかしながら慣れない生活も五年も続けばそれが日常になった。

「……あっ、ちょっとゆっくりしすぎた。そろそろ出ないとヤバイ」

携帯電話で時刻を確認して、最後の一口を押し込むと慌ただしく食器を流しに運ぶ。

築二十年のアパートの四畳半。それが今の司の城だ。

ここで暮らすためには金がいる。だから司は今日もアルバイトに出かける。

金は望めば自動的に湧き出るものではない。使えばなくなり、働かなければ手に入らない。

散々わがままを通してきたが、最近、ようやく世間の仕組みがわかってきた。

地元では有名な大地主だった司の両親は、五年前にそろってあっけなく他界した。雨の日に父が運転していた車がスリップ事故を起こしたのだ。その車に母も同乗していた。

当時まだ高校二年生だった一人息子の司は、一遍に家族を失い、財産を失った。父が多額の借金をしていたことも、その時初めて知る羽目になった。

そして同時に、すでに父は所有していた不動産の大半を手放していたことを、司は父と懇意《こんい》にしていた弁護士から聞いたのだった。不幸中の幸いで、父の残した借金は保険金やら何やらで返済できたらしい。ひとまずほっとする司を前に、髪を七三にきっちりと分けた彼は眼鏡の奥の目を気の毒げに細めて、しかし、と続けた。

――もうこのお屋敷には住めません。ですから司さんには新しい生活を始めていただきます。

最初は何を言われているのかわからなかった。弁護士に噛み砕いた説明を聞かされて、ようやく理解する。

司が生まれ育ったこの屋敷までも売却するというのだ。

ふざけるなと怒鳴り散らす司に、弁護士は困惑したように何やら難しい話をし始めた。意味はほとんどわからなかったが、要するに司の先行きを考えるとそうするのが一番いい選択だということだった。信用していた執事までもが神妙な顔で頷いたので、仕方なく司もその場では諦めることにした。執事も弁護士も口をそろえて司にこう言ったからだ。

——心配しなくても大丈夫ですよ、司様。

しかし、屋敷を出た後の生活は最悪だった。

大学までエスカレーター式の私立高校は退学せざるをえなかったし、祖父母もすでに他界していて頼れる大人もいない。生活費を稼ぐためとはいえ、今までぬくぬくと育ってきた司にとって、初めてのアルバイトは苦痛以外の何ものでもなかった。

他人に命令される。他人に叱られる。他人に頭を下げる。

おまけに毎日寝起きする部屋は、以前住んでいた屋敷の使用人部屋よりも狭い。

やってられない。

せっかく弁護士が見つけてきてくれた仕事も次々とトラブルを起こしてクビになり、安普請の部屋にケチをつけては大家に追い出され、とうとう二十歳になる誕生日に、辛抱強く面倒を見てくれていた弁護士にも愛想を尽かされた。

最初はいきがっていたものの、ある瞬間になって、司は初めて自分の行いを省みた。

家賃が払えなくなりアパートを追い出されたのだ。

住む場所がない。食糧がない。金がない。

雪が降っていた。寒さと空腹で眩暈《めまい》がし、足がふらつく。

自分はこんな冷たい路上に転がって死ぬのだろうか。

惨めだ。広くて温かい部屋と身体が沈み込むようなベッド。食べたいものは言えばすぐに準備され、大人たちが子どもの自分を『司様』と呼ぶ。あの生活に戻りたい。

雪が激しく吹きつける中、一人でとぼとぼと歩く姿が惨めすぎて涙が溢《あふ》れた。

足に力が入らず、少し強い風が吹くと、まるで紙人形のようにあっけなく倒れた。

濡れた路上に突っ伏して、もうどうなってもいいと思う。

どのくらいそうしていただろうか。

意識も朦朧《もうろう》としてきて、横たわった身体も冷たくなり、投げ出した腕にはうっすらと白い雪が積もっていた。

「ねえ、あなたどうしたの？　大丈夫？　しっかりして！」

声が聞こえたのはその時だった。芯の強そうな女性の声が雪とともに空から降ってきたのだ。最初は天国からのお迎えかと思ったが、しかしどうやら空耳だったらしい。薄く開いた視界に飛び込んできたのは、熊のような髭面《ひげづら》のがっしりとした男だった。

「……こんな…天使は、嫌だ」

「ああ？　天使が何だって？　おい、寝るな！　目を開けろ。すぐそこが俺たちの家だ。すぐにあったためてやるからな。日本のど真ん中で凍死するなよ」

頬を左右交互に何度も叩かれて、痛いなと微かに苛立ったことを覚えている。

それが司の命の恩人、宇都宮《うつのみや》夫妻との出会いだ。

強面《こわもて》の見た目からは想像もできないほど人情が厚く面倒見のいい宇都宮に雇われて、司が彼の経営するカフェで働き始めてから、もう二年が経つ。

司が働く【Café《カフェ》 mana《マナ》】は、賑やかな駅前通りから一本奥に入った道沿いにある。雑踏から逃れて比較的落ち着いたこの通りは、女性が好みそうな雑貨店や洒落た外観の飲食店が並んでいて、しばしば雑誌にも取り上げられる場所だ。

マナも女性客に人気のカフェで、平日でも客足が衰えることなく賑わっている。

今日は水曜日だが、きっといつも通り忙しいのだろう。

そう思いながら店へ向かうと、見慣れた店先がいつもとは違う雰囲気に包まれていた。

大勢の女性が店を取り囲むように集まっているのだ。

「……何だ？　何があったんだ」

司は思わず携帯電話を取り出して時刻を確かめた。

遅刻したのかと焦ったが、いつも通りの地下鉄に乗ってきたのだから、時計が間違っているわけではない。

まだ開店前だ。普段なら今の時間、この辺りは人通りも少なく、閑散としている。賑わってくるのは少なくともあと一時間後だ。この人だかりは一体どうしたんだろう。

「南波サン、南波サン」

唖然として突っ立っていた司を呼ぶ声があった。

はっと我に返って振り向くと、店の裏口に続く路地から寝癖のようにわざと跳ねさせたくるくるとした頭髪が見えた。同じアルバイト店員のミンホだ。司に向けて、こっちこっちと手招きしている。

「ミンホ」

知った顔を見つけて安堵《あんど》した司は、薄暗い路地目掛けてすぐさま駆け寄った。

「おはようございます」

「おはよう。なあミンホ、あれ、何？」

司は挨拶もそこそこに、異様なざわつきを見せる女性たちを目線で示して問いかけた。

若い女性から中年の主婦らしい人まで、こんな時間からみんな携帯電話を片手に何をそんなに盛り上がっているのだろうか。

韓国《かんこく》からの留学生であるミンホが流暢《りゅうちょう》な日本語で少し浮かれたように言った。

「今日、この店でドラマの撮影があるんですよ」

「は？　ドラマ？」

そんな話は初耳だ。

昨日もバイトに入っていた司は何も聞いてないとミンホを見つめ返す。

ミンホが女性客からかわいいと評判の小動物を連想させる顔を困ったように傾けた。

「店長が黙ってるから、ボクたちもさっき聞いてびっくりしてるところなんです。でもあそこに集まっている人たちは一体どうやって情報を聞きつけたんでしょうね」

「そうだったのか。それでこの騒ぎ……じゃあ、今日は通常営業しないのか」

「店を貸し切って撮影が行われるみたいですよ。いろいろ準備もあるから来れる店員に全員集合をかけたって聞きました。当日まで黙ってるなんて店長も人が悪い」

「ふうん。まあ、俺はもともとシフトが入ってたからいいんだけど」

ボクは今日はお休みだったのに、と言いながら、ミンホは上機嫌だ。

「さっき、綾川《あやかわ》はるみを見かけたんです。美人でした！」

「ふうん」

アヤカワハルミって誰？　と思いながら、司は裏口のドアを開けた。

「おお、司。おはよう」

スタッフルームに入ると何やらごそごそしていた宇都宮が顔を上げてニカッと笑った。

「おはようございます、店長。すごい騒ぎですね」

「うん？　ああ、あれね。そうそう……って、もうミンホから聞いたか」

隣にいたミンホを見やりながら、硬そうな顎髭をしごく。

「はい、聞きました。で、俺は何をやればいいんですか」

「何だ、クールだなあ。芸能人が目の前にいるんだぜ？　もっとはしゃげよ」

「いや、俺あんまり芸能人知らないんで」

「そういや、まだテレビないのかお前の部屋。買えよ！　したいしたいって言うだけで引っ越しもしねえしよお。テレビはともかく、いい加減風呂がないのは不便だろ。毎月の給料を一体何に使ってるんだよお前。まさか変な女に引っ掛かって貢いでねえだろうな？」

宇都宮に怪訝そうな顔をされて、司は一瞬返事に躊躇《ためら》った。

「……風呂は銭湯が近くにあるし、テレビはあってもほとんど観ないし」

「ええっ、そうなの？」となぜかミンホが驚いたような声を上げる。

「ははっ、ミンホはテレビっ子だからなあ。それはそうと店にまで人形サン持ち込むのはやめろ。さっきも俺の頭目掛けてオンナノコが落ちてきたじゃねえか。持って帰れ」

床に転がった青い髪の少女のフィギュアを熊のような手で乱暴に掴む宇都宮のもとに、さっと青褪めたミンホが慌てて「ああっ、レミちゃん！」と駆け寄った。

「司も早く着替えろ。スタッフもエキストラとして参加するんだ。愛美《まなみ》の言う通り、イイ男をそろえた甲斐があったってもんだな。これがテレビで流れたらまた客が増える」

宇都宮は嬉しそうだ。愛美というのは一年前に病気で死に別れた彼の最愛の奥さんの名前だ。オレンジと黄色の日溜まりをまあるく閉じ込めたような明るくて温かい彼女に、司もどれだけ世話になったか知れない。すっかり耳に馴染んだ店名からは、色あせない宇都宮の愛情の深さがうかがえて、仲睦《なかむつ》まじい二人の様子をよく思い出した。

「エキストラって……あの、俺も出なきゃいけないんですか」

「当たり前だろう。何のためにそんなカワイイ顔してるんだ。俺の替わりにせっせと笑顔振りまけよ。ほら、ミンホも。いつまでも人形弄ってないで笑顔の練習しろ。笑え！　笑って世のお嬢様方のハートを鷲掴《わしづか》みにしろ！」

「ハイ、店長！」となぜか敬礼をしてみせたミンホと、「うむ。期待しているぞ」と調子よく彼の両肩を叩く宇都宮の脇をすり抜けて、司はさっさと着替えに取り掛かった。

ロッカーを開けて、身だしなみチェック用の小さな鏡を何の気なしに見つめる。

癖のない少し長めの黒髪と、大きな黒目がちの瞳。

――毛並みがいい黒猫みたいですね。

不意に、そんなふうに言われたことを思い出した。もう何年も前の話だ。

当時は、黒猫なんて不吉な喩《たと》えをするなと怒った記憶がある。彼は苦笑しながら「すみません。褒め言葉のつもりだったんですが」と謝っていた。その後何度かこの髪を別の色に染めてやろうかと考えたこともある――が、結局、司の髪は今まで生まれたままの色から一度も変化したことはない。


撮影しやすいよう、テーブルや椅子の配置をいつもと変えた店内では、撮影スタッフが忙しげに動き回っていた。

着替えたはいいが特にすることがない司は、カウンター内でせっせと撮影用のグラスを磨いていた。すぐ傍ではキッチン担当の店員と宇都宮がスタッフと何やら打ち合わせをしている。ドラマの中で店のメニューを使ってくれることになっているのだ。

すでにリハーサルは終わったらしく、現在機材チェックが行われている脇では、ホール担当の店員が監督から演技指導を受けていた。主演俳優と女優が座ったテーブルに料理を運ぶ役として彼が抜擢されたのである。そこらのアイドルや俳優よりもよほど見栄えのする彼では主演俳優を食ってしまうのではないかと、司は失礼なことを心配する。といっても、実は主役がどんな人物なのか何も知らない。

司とは逆にこの状況に興味津々なミンホは、日本のアニメにしか関心がないのかと思えば、意外なことに芸能人にも詳しかった。「日本の女の子はカワイイ」と騒いでいた彼は、司の隣でグラスを拭くフリをして女性スタッフと雑談をしている主演女優を遠目に眺めている。今をときめくCM女王。華やかでかわいらしいが、しかし司にはピンとこない。ドラマのタイトルすらうろ覚えだ。

司にとって、今回の撮影は内心どうでもいいことだった。ただ、店の宣伝になるのならできるだけ協力はしたいと思う。

「ちょっと君、今手があいてる?」

スタッフの一人が、司に声をかけてきた。

「はい? 俺ですか? ああはい、あいてますけど」

まだ学生のような若いスタッフが司の顔と胸のネームプレートを交互に眺めて「えっと南波くん?」と確かめるように繰り返す。

「お願いがあるんだけど、ちょっと飲み物を作ってくれないかな。コーヒーでいいと思うんだけど、一人分。それを急いで駐車場のロケバスに持っていってほしいんだよ」

「コーヒーですか。あ、はい。わかりました。アイスでいいですか？」

「うん、ありがとう。中に俳優さんがいるから。ドア開ける時は一応ノックしてね」

スタッフは顔の前で両手を合わせてみせると、忙しそうに現場に戻っていった。

まだ撮影まで準備に時間がかかるのだろう。主役はロケバスで待機しているらしい。

司は言われた通りにコーヒーを淹れて、裏口から駐車場に回った。

表は押しかけた大勢のファンで大騒ぎになっている。中には店員を見に来ているらしい常連客の姿もあったが、ほとんどが主演俳優のファンだろう。今でさえ黄色い声が飛び交っているのに、これでお目当ての男が登場したら一体どうなるのだろうか。

駐車場は奥まった場所にあり、スタッフ数人が入り口を囲むように立っていた。

「あの、これスタッフさんに頼まれて持ってきたんですけど」

グラスを載せたトレイを見せた制服姿の司を、スタッフの一人が「ああ、どうぞ」と笑顔ですんなり通してくれる。

司は止まっていたロケバスの前に立ち、言われた通り軽くノックした。窓にはカーテンがかかっていて中の様子は見えない。

「どうぞ」と車内から男の声が返ってきた。

相手が芸能人というだけで、普段の接客よりも緊張する。ここで司が粗相をしたら、それがそのまま宇都宮の責任になってしまう。せっかく店の名前を売るチャンスなのに。司は僅かに右寄りだった蓋付きのグラスをトレイの中央に移動させ、一つ息を吸い込んだ。

「失礼します」

慎重にドアをスライドさせる。

一段上がった途端、すぐそこに誰かが座っていることに気づいた。てっきり最後部に座っているものだとばかり思っていたので、いきなり目の前に男物の靴が現れてぎょっとした。

思わずごくりと生唾を飲み込む。

「あ、あの、スタッフの方に頼まれてコーヒーをお持ちしました」

綺麗に磨かれた靴先を見つめたまま早口にそう告げると、すぐ近くでくすりと笑う気配がした。

何かおかしいことを言っただろうか。にわかに不安になる。

「あ、あの……」

恐る恐る顔を上げた瞬間だった。

司は自分の目を疑った。

茶味がかった落ち着いた髪の色、形のいい眉。彫りの深い、だが決して濃くはない華やかな目鼻立ち。薄めの唇。全体的にやさしげな印象を与える女好きのする顔。

凝視する先、ひどく見覚えのある顔がこちらを向いて微笑を浮かべていたのだ。

すうっと、背中を冷たい欠片が滑り落ちた気がした。

ドラマの主演というのは、この男だったのか。

すぐさま司は後悔した。ミンホの話に真面目に耳を傾けておけば、いくら頼まれてもこの役目は何が何でも断っていた。体調不良を訴えて店から逃げ出していたかもしれない。

目の前の青年が微笑みを浮かべたまま黙って司を見つめている。

明るい色の瞳が何か含みのある光を湛えているようで、こめかみにじわりと嫌な汗が浮く。背中はうすら寒いのに、身体中の汗腺が開いて汗が吹き出てくるようだ。なぜか糸でつなぎ留められたかのようにまったく視線を逸らすことができない。

少し長めの、今風にセットされたあの明るい髪が天然色だということを、司は知っている。純日本人の司と比べて、彫りが深い顔立ちもハシバミ色の瞳も。彼には外国人の父親の血が半分入っているからだ。

心臓が早鐘を打つように鳴り始めた。

自分は白昼夢でも見ているのだろうか。それも悪夢の類の。

そうだったらどれほどよかっただろう。

組んでいた長い足を解いて、その青年——恩田雅也《おんだまさや》は言った。

「どうかされましたか？」

「——っ、あ」

甘いバリトンの問いかけに、司は思わずびくりと大仰に肩を跳ね上げてしまう。その拍子に、手元のトレイが大きく傾く。しまったと思った時にはすでに遅く、コーヒーの入ったグラスは斜めにトレイを滑り落ちて、床で嫌な音を立てた。

辺りに嗅ぎ慣れたコーヒーの香りが広がる。

すぐには思考がついていかず、司は足元に散らばった褐色の液体の海と透明なガラスの破片を半ば茫然《ぼうぜん》と見つめていた。焦点がぼやけて、こぼれたコーヒーの沼に引きずり込まれそうな錯覚に陥る。

「大丈夫ですか」

心配そうな声が聞こえてきて、瞬時に現実に引き戻された。

「……す、すみません。すぐに片付けますので……申し訳ありませんでした」

慌てて司はその場にしゃがみ込んだ。

身体を折り曲げた際に自分の胸元が視界の端を掠める。そういえばここに来る直前、ネームプレートを外したことを思い出した。エキストラとして映るので撮影中は外してほしいと監督から店員全員に指示が出たからだ。

外しておいてよかったと心底思う。そうして考え直した。

あれから何年が経ったと思っているのだ。こんな一瞬で彼が司の正体に気づくはずがない。そうだ。向こうは今や国民的人気俳優だが、司はただの一般人。しかも最後に顔を合わせたのは司が中学の時の話で、あれから八年も経っている。当時すでに二十歳だった彼と比べて、ちょうど成長期だった司は背も伸びたし、顔つきも変わっているはずだ。途中で環境ががらりと変わったことも、司に何かしらの変化を与えているだろう。それに、と思う。彼は——司のことなんか、覚えていたくもないに違いない。

司は今の彼を知っていても、彼が司に気づくことはありえない。

そう自分に言い聞かせると、少し心が落ち着いた。

小刻みに震えていた指先も落ち着きを取り戻し、床に散らばったガラスの破片を急いで拾い集める。

「——痛っ」

指先に刺すような鋭い痛みが走って、司は咄嗟に手を引っ込めた。

見ると右手の人差し指の腹にぷくりと赤い珠が盛り上がっている。ガラスの破片で切ったのだろう。

たいした傷ではないが鮮血の珠が徐々に膨れ上がってくる。このままだと指からこぼれ落ちて床を汚してしまうかもしれない。へまをしたと歯痒い気持ちで指先を見つめていると、溢れ出してくる自分の血液に軽い眩暈を覚えた。血は苦手だ。特に自分の血は。どうにかして止血しようと、慌てて指の付け根を押さえた時だった。

「何をやってるんですか」

苛立ったような声が聞こえたかと思うと、次の瞬間にはもう目の前に雅也が片膝をついていて、傷口を覗き込んでいた。あっけにとられる司の右手を強引に引き寄せ、

「え？　あっ、ちょっと……っ」

何の躊躇いもなく血の浮いた指を口に含んでみせる。

生温かい口腔に包まれた指先が、きつく吸い上げられた。

舌先が傷口をなぞるように触れ、さらにきつく吸われる。

目の前が白く霞んだ。血を吸われる行為に、ぞくりと背筋が戦慄《わなな》く。自分の指が雅也の整った口元に呑み込まれている光景が、なぜかひどく淫猥なものに映った。動揺しきった司は言葉を失い、息を呑む。脈拍が一気に上がり、心音が鼓膜のすぐ内側から響いているようだった。

最後にもう一度傷口を舌先でなぞって、雅也がゆっくりと指から唇を離した。血を吸わ

れた指先は白くなり、唾液で濡れている。いたたまれず、すぐにそこから目を逸らした。

「……昔もよくこうしてあげましたよね。そそっかしいところは相変わらずだ」

不意に、雅也がそんなことを言った。

「——え？」

自分の乾いた唇から、吐息のような声が漏れた。

固まった司の耳元に、雅也がわざとのようにゆっくりと顔を寄せて、

「お久しぶりです、司様。大きくなられましたね……外見も、中身も」

囁くように吹き込まれた言葉に、司は身体中の血が一気に音を立てて引いていくのがわかった。目の前が眩み、その場に倒れてしまいそうになる。

何もしていないのに息が上がって、そんな司を、傍から雅也が皮肉げな笑みを浮かべて見つめていた。まるで司の反応を楽しんでいるようだった。

最初から気づいていたのだ。

雅也はコーヒーを運んできた店員が司だということに気づいていた。もしかしたらもっと前から司の存在に気づいていて、わざわざスタッフに頼んで司が運んでくるよう仕向けたのかもしれない。スタッフがやたらと慎重に司の名前を確認していたことも、今考えると意図があったとしか思えなかった。

ハシバミ色の瞳が楽しそうに司を見つめている。

一見やさしそうに微笑んでいるみたいに見えて、実は少しも笑っていない目元に気づいてしまうと、恐怖すら覚えた。端整な面立ちから凍りつきそうな冷気が伝わってくるようだ。こんなに得体の知れない笑い方をする男だっただろうか。

ツカササマ。昔の呼称が現在と過去の彼の声で何度も鼓膜で再生される。

目の前にしゃがみ込み、ただ黙って薄く笑っている雅也にぞっとした。

「あの――、どうかされましたか？」

異変を嗅ぎつけたのか、スタッフの一人が遠慮がちに車内を覗き込んできた。

「さっき、何か割れた音がしたような気がしたんで……あっ、これだったんですか」

二人の足元を見て、スタッフの青年が状況を把握《はあく》したように目をしばたたかせる。

「恩田さん大丈夫ですか？　コーヒーかかりませんでした？　もー君、何やってんだよ」

雅也を気遣ったあと、司に蔑むような目を向ける。彼は邪魔だと言わんばかりに、司を引きずるようにしてロケバスから出した。

「ああ待って、その店員さん怪我してるんだ。救急箱どこにあったっけ？」

「え？　怪我までしたんですか？　もしかして恩田さんもどこか怪我されたんですか」

「いや、俺は大丈夫」

「そうですか、よかったです。えっと救急箱ってどこに置いてたっけな――あ、恩田さんは座っててください。ここ、ガラスが割れてて危ないですから」

振り返り、立ち尽くす司相手に露骨《ろこつ》に迷惑そうな顔をしてみせてから、彼はロケバスに乗り込もうとする。

「あの、大丈夫ですから。救急箱なら店にもありますし。コーヒー、淹れ直してきます」

明らかな厄介者扱いに司はいたたまれなくなり、すぐさま踵《きびす》を返そうとした。

そこへ、雅也が感じのいい声で呼びかけてくる。

「あ、店員さん。もうコーヒーはいいよ、たぶんもうすぐ出番だから。ありがとう」

「すみません恩田さん。大丈夫ですか、喉渇いてないですか」

なぜか司の代わりにスタッフの彼が謝り、それがまた一層司を惨めな気持ちにさせた。

店員さん。――雅也の何気ない一言がまるで鋭利な刃物のようになって、司の自尊心をめった刺しにした。決して今の自分が嫌いなわけじゃない。五年前と比べたら、これでも少しは大人になったつもりだ。だが、現在華々しい世界で活躍している目の前の男だけには、この姿を知られたくなかった。

「……っ」

スタッフが甲斐甲斐しく世話を焼くのは芸能人の雅也であり、司はコーヒー一杯すらまともに運べない使えない店員。

八年経って、立場がまったく変わってしまったことを身を持って思い知らされる。圧倒的な差を見せつけられたような気がした。

だから会いたくなかったのだ。

司は俯いたまま、唇をぎりっと噛み締めた。

——お久しぶりです、司様。

鼓膜に直接囁きかけるようにして雅也の甘いバリトンが蘇る。嘲笑う声まで聞こえた気がして、無意識に大腿の横で両手を固く握り締めた。悔しい。情けない。惨めだ。

こいつにだけは絶対に会いたくなかったのに。


司が恩田雅也と出会ったのは、今から二十年前のことだ。

当時司は二歳、雅也は八歳だった。

雅也の母親は彼の父親と離婚したばかりで、女手一つで息子を育てる決心をして寝る間も惜しんで働いていたらしい。しかし、無理がたたって体調を崩し、寝込んでいる間に職場を解雇され、アパートまで追い出される羽目になった。雨の中、小学生の息子の手を引いて行く当てもなく歩いているところを、たまたま車で通りかかった司の母が声をかけたのである。

ふらふらと覚束《おぼつか》ない足取りの母親をまだ小さな子どもが必死に支えている姿が、信号待ちの車の後部座席に座っていた母の目に留まったらしい。司も一緒に車に乗っていたが、幼すぎたせいかその時のことはほとんど覚えていない。

ただ、その日から司に六歳年上の兄ができた。

事情を知った司の母の提案で、雅也の母親は南波家の使用人として住み込みで働くことになったのだ。息子の雅也は司の遊び相手として、小学校に行っている間以外はずっと司のお守りをしてくれていた。司は一緒に遊んでくれるやさしい雅也が大好きだった。『まーくん』と呼んで実の兄のように慕っていた。ランドセルを背負って登校する雅也に抱きついて離れず、朝から彼や執事たちを困らせることはしょっちゅうだったらしい。

そんな二人の関係性が急激に変化したのは、司が小学校に上がってからのことだった。私立のお坊ちゃま学校に通い始めて、友達もでき、そのうちの誰かがふと放った一言がきっかけだったように思う。

「あの人、司くんの下僕？」

家に遊びに来た友人の一人が、ちょうど庭師の手伝いをしていた雅也を指差してそう訊いてきたのだ。

「ゲボク？　何ソレ」

司をはじめとする他の子たちはきょとんとして訊き返した。彼は甘いミルクティーを飲みながら、得意げに小さな胸を張る。

「主人の命令を何でも聞くヤツのことだよ。アイツ、司くんの命令でランドセルを片付けて、僕たちにこのお菓子とお茶を運んできただろ？　うちにもいるんだ。司くんの下僕と同じくらいの年じゃないかな。僕の命令は何でも聞く男なんだ」

「へえ、すごい。二人にはゲボクがいるんだ。俺も欲しいなあ。お父様に頼んでみよう」

両隣に座っていた友人たちに羨望《せんぼう》の眼差しで見つめられて、司は少し嬉しくなった。

「そうしなよ。ね、司くん。下僕は僕たちの命令には絶対に逆らわないんだ。便利だよ。僕がご主人様でアイツが下僕。この前なんて、泥で汚れた僕の足を『舐めろ』って言ったら本当に舐めたんだ。おもしろいでしょ？　司くんの下僕もそんな感じだよね？」

「え？　あ、う、うん」

司は咄嗟に頷いた。また両隣の二人がきらきらと目を輝かせて司を見てくる。心が躍るような優越感。正直『ゲボク』の意味なんてわかっていなかった。司は雅也に汚れた自分の足を舐めさせたことなどもちろん一度もない。ランドセルやお茶を運ばせたことも、司にとっては『命令』ではなく『お願い』だ。でも子ども心ながらにそれは甘美な響きだった。

今思い出しても、子ども同士の会話というのは、何て無邪気で残酷なものだろうかと恐ろしくなる。

だけど、あの頃の司にはその歪んだ関係性がとても魅力的に思えたのだ。

司はこの広いお屋敷の主、南波の一人息子だ。そして、雅也は南波家で働く使用人の息子である。上下関係は明らかだった。

その日から『まーくん』が『雅也』になった。

「雅也、僕の部屋から今すぐランドセル取ってこい」

突然態度を一変させた司に、雅也は戸惑ったようだった。

けれども友人の下僕と同じように、

「はい、司様」

彼もまた、六つも年下の生意気な子どもの命令に逆らうことなく従ったのだった。

楽しかった。最初は軽いわがままだったそれは、徐々にエスカレートして、何を言っても「わかりました、司様」と答えて微笑む雅也に、司は図に乗っていろいろなことをやらせた。友人の前で雅也を下僕扱いしてみせる高揚感は、また格別だった。心が弾む。しかし馬鹿な子どものくせに、変なところで頭が回り、大人の前では絶対に命令はしない。

年齢の割に大人びていた雅也はそんなずる賢い考えを読み取るように、文句一つ言わず司にとってとても都合よく動いてくれた。けれども本当の兄のような慈愛に満ちたやさしい顔の裏で、腹の中では何を考えていたのかはわからない。

そんな二人の関係は、司の両親の計らいで雅也の母親の再婚が決まり、息子ともども屋敷を出ていく日まで続いた。

当時中学生だった司は、彼らが屋敷を出ていくことを直前まで知らされていなかった。何で自分だけと逆上し、最後に雅也にとんでもない命令をしたのを覚えている。

その日を最後に、雅也とは会っていない。

数年経って、級友が読んでいた雑誌で、雅也が芸能界デビューしていたことを知った。どこの誰なのか知らない人間の書いた記事で、雅也が高校時代からモデルのアルバイトをしていたことも初めて知った。まだ彼が南波家にいた頃の話だ。

もともと素質があったのだろう。雅也はどんどん人気が出て、テレビCMにも多く出演するようになった。暇潰しに番組を観ていると合間に不意打ちのように彼が現れ、ぎょっとする。司の知らない顔で笑っている雅也はまるで別人のようで、視界に入るたびになぜか無性に苛立った。次第に司は自分の生活からテレビを排除するようになる。

画面越しに顔を観ることも避けていたのに、まさか今になって実物が目の前に現れるとは思ってもみなかった。相手が司だと知りながら、恐ろしいほど晴れやかに笑ってみせた雅也のことを思い出すと、今でも背中の溝を冷たいものが滑り落ちる。もう忘れかけていた勝負に、ずっと隠し持っていた最後の一手を打たれたような気分だった。圧倒的に有利だと思っていた一面白のオセロ盤が、一瞬で黒に裏返る。

偶然とはいえ、神様も意地が悪い。

そして、ただでさえ惨め極まりないほど立場が逆転した彼との再会が、なぜこのタイミングなのかと恨む。

一度は浮上した司の人生は、今また二度目のどん底に落ちていた。

◆◇◆

いつものようにカフェでのアルバイトを終えて、帰途につく。

先日のドラマ撮影は無事終了し、主役二人の演技が繰り広げられる後ろを、司もエキストラの店員として監督の指示通り何度か往復した。

雅也は人気俳優の皮を被り、まるで最初から司とは赤の他人であるかのような態度を貫いていた。内心びくびくしていたものの司に接近してくることはなかったし、その後も何もない。あれだけ意味深な再会を演出したくせに、正直拍子抜けした。

現在の二人の差を思い知らされて屈辱的な気分を味わった半面、司はほっと安堵して普段の生活に戻っていった。もうこれ以上面倒事が増えるのは勘弁して欲しかった。

店の方は相変わらずだ。忙しいことに変わりはないが、ロケを行った回はまだテレビ放送されていないため、客層に目立った変化は見られない。今後、ドラマの影響で一気に客が増えることを考えると、さすがに大変そうだが。

すっかり慣れたどこか心地よさの残る疲れを引きずって、夜道を歩いているうちに古ぼけたアパートが見えてきた。

そろそろ風呂付きの部屋に引っ越したらどうかと、先日も宇都宮に言われたことを思い出す。確かにおんぼろだが、二年も住めば近所の商店街にある銭湯にも通い慣れたし、最寄り駅も近いので乗り換えなしにアルバイトにも行けるため、案外不便はなかった。それに、と思う。実際問題、当分引っ越しは無理だろう。金銭的な余裕がないからだ。

暗がりからいきなり声が聞こえてきたのはその時だった。

「おかえり、司クン」

ねっとりとした猫撫で声に名前を呼ばれて、司は思わずびくりと両肩を跳ね上げた。

嫌な予感がした。どうか空耳であってほしい。そう祈りながらも立ち止まり、暗闇に目を凝らすと、ブロック塀にもたれながら知った顔がひらひらと手を振っていた。

「今日もお疲れさん。遅かったねえ……って言ってもまだ十時か」

スマートフォンの画面を見ながらにやにやと笑っている青年を認めて、司は一瞬にして青褪める。人をバカにしたように目を細め、声もなく笑う姿は、子どもの頃に読んだ『不思議の国のアリス』のチェシャ猫を思わせた。

心地よかったはずの疲労感がどっと鉛を詰めたように全身に重く圧し掛かってきた。

「……アンタ、何で……」

今日は会う予定はなかったはずだ。

「何でって、司クンに会いに来たのにそんな怖い顔しなくてもいいじゃん。傷つくなあ」

男は相変わらずにやにやと笑って言った。

「俺と司クンの仲じゃない」

三つ年上の誠二《せいじ》という名前のこの男と知り合ったのは、半年ほど前のことだ。

心を入れ替えてマナで働き始めてから一年半、ようやく現在の生活にも慣れてきて、精神的にも落ち着いてきたところだった。

最初は店の客として誠二と出会った。女性客が主の店内で、一人のんびりとコーヒーを啜っていた彼が珍しくて記憶に残っていたのだ。

彼と急接近したのは、バイト帰りにたまたま地下鉄の駅で鉢合わせした時だった。

司に気づいた誠二がとても人懐こい笑顔で話しかけてきたのである。

最初は戸惑ったが、いつの間にか話し上手な彼のペースに乗せられて、地下鉄を降りる頃には互いの連絡先を交換していた。基本的に司の一日はアパートとカフェの往復で終わり、高校を中退してからは気軽に話のできる友人もいない。

誠二との他愛もない会話が司には楽しくて仕方なかった。声を上げて笑って、ああ、自分は今までさみしかったんだなと、そこで初めて自覚したものだ。気がつくと、彼と一緒にいる時間が何よりの楽しみになっていた。

だから彼が思い詰めた表情で、実は自分は同性愛者だと打ち明けてくれた時、本当は少しほっとしたのだ。たぶん、もうその時点ですでに司は誠二に特別な感情を持っていたのだと思う。少なくとも自分の気持ちが否定されることはないと、安心したのだ。

身体をつなげることに抵抗はなかった。それどころか、人生で初めての恋人ができたことに舞い上がっていた。

けれども恋人だと思い込んでいたのは、司だけだったらしい。

何度か寝た後、誠二はがらりと態度を変えて、数枚の写真を司に突きつけてきた。

そこに写っていたのは情事の最中だと明らかにわかる、司のあられもない姿だった。

いつの間にこんなものを撮られていたのかと顔面蒼白になる司に、誠二は信じられないことに、にやにやと笑いながら金を要求してきたのだ。

この写真を店にばらまいたらどうなるだろうなあ、と脅して。

咄嗟に宇都宮の顔が脳裏に浮かび、次の瞬間には、司は半ば放心状態で承諾していた。それ以外、どうすればいいのかわからなかった。

定期的に金を渡すから、絶対に店には迷惑をかけないでほしい。

誠二は約束してくれた。それ以来、数ヶ月にわたって、たびたび彼は司の前に現れる。

「――この前、渡したばかりじゃないか。急に来られても渡す金なんかない」

司は声を掠れさせながら、誠二に向かって告げた。

一度に数万円を、月に二、三回。いつも前日に電話がかかってきて、その翌日にこうやって彼は司を待ち伏せている。給料をもらうようになってからは真面目にコツコツとある程度の貯金は蓄えていたけれど、ついに先月、それにまで手をつけてしまった。このままだと家賃すら払えない生活に逆戻りだ。早いうちに何とかしなければと思いながらも、解決策が見出せない。

「そんな暗い顔しないでよ、司クン。今日は別に金をもらいに来たわけじゃねえし」

「え？」と司は怪訝そうに眉根を寄せた。誠二が芝居がかった様子でうっそりと唇を引き上げ、「司クンにイイ話を持ってきたんだよ」と潜めた声で言って寄越す。

「もしそれを受けるなら、もう付きまとうのをやめてやってもいい。やさしいだろ俺。もちろん写真のデータも全部お前にやるよ」

「本当か！」

思わず叫んだ司の声が、ひとけのない夜道に響き渡った。

「本当本当」とにやにやしながら誠二がさりげなく距離を詰めてくる。

司の目の前に立ったかと思うと、いきなり指先でくっと顎を掴まれた。ぎょっとして反射的に後退ろうとしたが、強引に上を向かされる。長身の誠二と間近で目が合った。

「お前、結構キレイな顔してるからなあ。怒って睨みつける時の顔、あれいいよな。いつもはどっちかというと素直でかわいい感じだけど、気が強くて生意気そうで。お前みたいなタイプを好きなヒトって意外と多いんだよ」

「何の話……」

「一晩相手するだけでいい」

司の言葉尻を奪うようにして、誠二が低めた声で言った。

一瞬、司は自分の耳を疑った。この男は一体何を言い出すつもりなのか。信じられない気持ちで目の前の男を凝視する。心臓が早鐘を打つように鳴り出した。

「それでお前が今まで俺に払った金額の何倍も出すって言ってるヒトがいるんだ。一晩稼いでくれたら、約束通り俺との縁はばっさり切ってやるよ」

愕然《がくぜん》と目を見開いて絶句する司とは対照的に、誠二が場違いなほどにっこりと笑う。

「俺とも散々ヤッたじゃん。一晩相手するくらいどうってことないでしょ」

掴んでいた顎を離し、その手で司の肩をぽんぽんと叩いた。

「じゃ、また連絡するわ」

最後にそう言い残して、誠二は去っていく。その後ろ姿を視界に入れながら、司は茫然とその場に立ち尽くした。

どれほど固まっていたのだろうか。

眩しいライトが司を照らし、目の前を一台の車が通り過ぎていった。

目の端を掠めたエンブレム。生前、司の父が乗っていたものと同じだ。

あの高級車も含めて、数年前、南波家の財産は何もかもが売り払われた。

――――やっと。

やっと現実を受け入れて、新たに生まれ変わった気持ちで生きていこうと決めたのに。

今度は自分の身体まで売らなければいけないのかと思うと、絶望的な気分になる。

不意に、こんな時に一番思い出したくないはずの男の顔がなぜだか脳裏を過った。

今頃、雅也は何をしているのだろうか。何もかもを手に入れた男は高層マンションの一室から優雅に夜景を見下ろしているのかもしれない。対して自分は――。

何をやっているんだろう。薄汚れたスニーカーの爪先が、街灯に照らされてみっともなく浮かび上がっていた。聞こえもしない雅也の嘲笑《ちょうしょう》が脳内にこだまする。

しんと静まり返った暗い路上に立ち尽くす司の目に、僅かに熱いものが滲んだ。

誠二から電話がかかってきたのは、それから二日後の夜のことだった。

『覚悟は決まった？』

開口一番そんなふうに訊かれて、司は一瞬返答を躊躇ったが、答えは決まっていた。

短い言葉を返すと、回線の向こう側で笑う気配がする。

『ま、そうだよな。訊くまでもなかったか。んじゃ、頑張ってね』

歌うような口調が耳に流れ込んできて、司は思わず目を閉じて、深く息を吸い込んだ。

すぐに日時と場所を指定される。もう少し時間があるのかと思っていたが、言い渡されたのは明日の話だった。

『せっかく覚悟決めたんだから早い方がいいだろ。日があくと決心が鈍るんじゃない？』

もっともだ。わかったと告げて、通話を切った。

翌日。

いつものようにバイトを終えた司は、いつもとは違う路線の電車に乗って、指定された高級シティホテルに向かった。まだ両親が生きていた頃、何度か食事をしに訪れたことがあるホテルだ。

こんな場所を待ち合わせに使う相手なのだから、それなりの肩書きを持っている人物なのだろうと考えていたが、誠二から教えられた名前は司の予想を超えていた。

殿村一馬《とのむらかずま》。――一昔前に一世を風靡《ふうび》した二枚目俳優だ。

司がまだテレビから遠ざかる以前からドラマや映画で活躍していた俳優なので、さすがにその名前には聞き覚えがあった。顔が思い浮かぶぐらいには、司も彼のことを知っている。生前の母親がひそかにはまっていたテレビドラマの主演俳優でもあった。

そんな有名人と誠二がどういうつながりなのかはわからない。

何にせよ、今夜、司が殿村に抱かれることには変わりなかった。

仕方ないのだ。

これ以上、誠二に金を渡し続けるのは限界があったし、今日一晩我慢すれば脅迫され続ける現実から解放される。あれが誠二の手元にある限り、司は彼の言いなりになるしかない。この先もずっとそんな状況が続くのかと思うと、生きた心地がしなかった。

世間知らずな自分のせいで、宇都宮夫妻の思い出が詰まった大切な店とそこで働く従業員がまるごと人質にとられているみたいで、本当は毎日恐ろしくて仕方ない。

それらが今夜ですべて解決するのだと考えると、このくらいの我慢はたいしたことないと思った。そうだ、全然たいしたことではない。

司は指定された部屋のドアの前に立った。

この階にあるのはスイートルームだ。

久しぶりに体感した上質な空気に、軽い眩暈を覚える。以前はこれが当たり前だったのに、あの頃よりも大人になった今の方がずっと雰囲気に呑まれて萎縮していた。

緊張する。携帯電話で時刻を確認してから、深呼吸をした。

この先に殿村が待っている。心臓が冷たい手で握り締められ、高速で収縮と拡張を繰り返しているようだった。もう逃げられない。

最後にもう一度深呼吸をし、息を詰めて、ドアをノックする。

部屋の内側で、微かな物音が聞こえた。

鼓動がますます速まる。

間もなくして、ドアレバーがゆっくりと下がった。

白いドアが内側から開く。

「――あ、あの、今日ここに来るように言われて来た者ですが……」

「まさか本当に来るとは思わなかった」

「え？」

予想外の切り返しに一瞬押し黙ってしまった司は、恐る恐る伏せていた目線を上げた。

次の瞬間、頭の中が真っ白になる。

「あの司様が、本気で男に抱かれにのこのこやって来るなんて」

開け広げたドアが閉まらないよう押さえて立っていたのは、雅也だった。

なぜ、ここにこの男がいるのだ。

司はひどい混乱状態に陥った。どうして殿村ではなく雅也が出てくるのだ――。

愕然と見開いた視界の先に、それまで見たことのないほどに冷ややかな目元が入る。

雅也が呆れたようにため息をついた。

「――失望しましたよ、司様」

明らかに軽蔑した眼差しを浴びて、背筋に震えが走った。同時に側頭部を鈍器で殴られたような衝撃を受ける。

雅也が蔑むように続けた。

「世間に揉まれて少しは大人になったのかと思ったら、売春で小遣い稼ぎをするお子様に成り下がっていたなんて」

途端に、カッと目の前が赤く染まった。なぜか事情を知られていることに、ひどい羞恥と屈辱が込み上げてきて一気に頭に血が上る。何も知らないくせに。

かつては自分に傅《かしず》いていたこの男にここまで侮辱されるのは我慢ならなかった。

「お、お前には用はないっ！　大体何でお前がここにいるんだ。俺が約束していたのはお前じゃない出ていけ！」

思わず怒鳴り散らすと、雅也が少し意外そうに目を瞠《みは》り、

「出ていけって、この部屋は今夜は俺が借りてるんですよ？　それに、用がないはずがないでしょう」

「何？」

雅也が不意に司の耳元に唇を寄せてきて、囁いた。

「俺の相手をしないと、大事なモノが手に入らないんじゃないですか？」

「――――！」

焦点がぼやけ、目の前がぐるりと反転したかと思った。

音を立てて体内の血液が下がり、立ち眩みを起こしそうになる。

よろめいた司の身体を抱き込むようにして支えて、雅也が畳み掛けるように言った。

「殿村さんは来ませんよ。誠二との話もついてます。今夜あなたが相手をするのは俺だ」

声が出なかった。動けなくなった司を攫《さら》うようにして雅也が部屋に引きずり込む。背後でドアの閉まる冷たい金属音がした。

酸素の回らない頭で必死に考える。雅也の口から二人の名前が出てきたことでますます混乱していた。

「何で――っていう顔、してますね」

皺が寄ってますよ。と窓際のソファに腰を下ろした雅也が、自分の眉間をとんとんと指先で示してみせた。

「……当たり前だ。わけがわからない」

今にも貧血で倒れてしまいそうな身体を、毛足の長い絨毯の上で必死に踏ん張りながら司は説明を求める。お前は何をどこまで知っているのだ。

雅也がちらと司を見やり、一つ息をついた。

「誠二は俺の後輩なんです。正しくは元後輩ですが」

「後輩？　誠二さんが？」

「誠二さん？」と繰り返した雅也が、不愉快そうに眉根を寄せる。

「彼は、もともとはメンズ雑誌のモデルだったんですよ。司様はご存知かどうか知りませんが一応俺もモデル出身なので、その頃の知り合いです。といっても、彼はもうとっくにこの業界を引退してますけどね」

当時、誠二はトラブルを起こして事務所から解雇を言い渡されたのだそうだ。

そんな過去は初耳だった。初めて店で見かけた時からルックスのいい男だとは思っていたが、本人は普通のサラリーマンだと言っていたからだ。改めて気づかされる。司は彼のことを何も知らない。名前が偽名でなかったことがかえって不思議なくらいだった。

「初めて知ったって顔ですね。まあそうでしょう。わざわざそんな都合の悪い昔話をする必要もないですし。あなたの前ではさぞいい人ぶってやさしいセリフの一つ二つ言いながら近づいたんでしょう。そんなあいつの演技にまんまと騙されたんですよね、司様は」

ぎくりとした。

「実はこの前、司様の住んでいるアパートに行ったんですよ俺」

「え？」

「でも司様はなぜか道端で誠二と話し込んでいた。あいつと司様がどういう知り合いなのか、二人を目撃した時は意外でしたね。しばらく窺っていたんですが、どうも司様の様子が変だったので、誠二と連絡を取りました。数年ぶりだったので番号が変わっていていろいろ手間取りましたけど、いまだにふらふらしているんですね、あいつは。詐欺まがいのことを繰り返して、懲りないヤツだ」

雅也が忌々しげに舌打ちをした。彼のそんな仕草を司は初めて見た気がする。

「俺が何でここにいるのか――それは誠二と取引したからです。あなたが誠二に強請《ゆす》られたように、俺もあいつを強請るネタの一つや二つ持ってるんですよ」

おもむろにソファから立ち上がった雅也が、歩み寄ってきた。

「旦那様と奥様の訃報はショックでした。俺も母も感謝してもしきれないほどお世話になりましたから。ちょうどその頃、俺は海外に撮影に出かけていて、帰国してから母の電話で知ったんです」

「……っ」

「司様もいろいろと大変だったようですね。母も心配してました。でもまさか、あの屋敷を売りに出さないといけないほどの状況だったとは……それを知った時、本当に驚いたんです。てっきり、遺産を引き継いで今もあそこでお坊ちゃん暮らしを続けているものだとばかり思っていたのに」

「……別に、お前には関係ないことだろ。随分と前に屋敷から出て行ったお前なんかに」

「酷いな。あの家は俺にとっても思い出の詰まった場所ですよ」

雅也の淡々とした言葉は、皮肉にしか聞こえなかった。いい思い出なんかあるはずがない。六つも年下の司にいいように振り回された苦い記憶しか残ってないだろう。

雅也は高い位置から司を見下ろし、甘めの顔に同情めいた表情を作ってみせた。

「あれから、司様がたった一人で苦労されたのだと思うと胸が痛みます」

――――白々しい。

司はまたカッと頭に血が上りそうになるのを必死に堪えた。

雅也はそんな司の様子を気にする素振りも見せず、「ですが」と続けながら、ジャケットの内ポケットに手を差し込む。

「自棄を起こしてこんなものまで撮られるなんて、やっぱり世間知らずのお坊ちゃまは困ったものですね」

「――――なっ！」

いきなり目の前に一枚の写真を差し出されて、司は悲鳴を上げそうになった。

何でこの写真をこいつが持っているのだ。自分のあられもない姿が映ったそれを見て、卒倒しそうになる。

「昔から女の子に囲まれてよりどりみどりだったじゃないですか。いつの間に宗旨替えしたんですか？」

呆れ返ったように、雅也が訊いてきた。

目の前がショックで霞んだ。そんなことは知らない。司だって悩んだ時期があったのだ。けれども両親が多額の借金を残して先立ち、財産を根こそぎ持っていかれてしまった当時、それまで鬱陶《うっとう》しいほど群がっていた女子は一瞬で手のひらを返したように司から離れてしまった。同性の友人たちも気まずそうにしながら距離を置こうとしているのが伝わってきたが、女子の方が敏速でかつあからさまで、いっそ清々しいほどだった。金がなければ、司になんて興味はない。そうはっきりと言われたようだった。

女なんか信用できない。カフェで働き始めてから日々多くの女性客と接する機会があるが、すべて営業用だ。本心は絶対に明かさない。

そんな中、出会ったのが誠二だったのだ。表に出さない女性不審の一方で、男性に対するガードは甘くなっていたのかもしれない。日常のちょっとした失敗から悩みまで、親身になって話を聞いてくれる年上の青年に簡単に気を許してしまった。誠二を初めて見かけた時、少しだけ、高校時代の雅也に似ていると思ってしまったことを後悔している。今考えると、その第一印象に司は無意識に安心感を覚えたのかもしれない。

結局、恋人どころかいい金づるにされて、身売りまでさせられる羽目になっている。

そんな人生の最大の汚点を、雅也にはたった数日のうちにすべて見透かされてしまったようで、司は今すぐにもここから消えてしまいたかった。

「……返せ。その写真を返せよ！　見るんじゃねえ！」

叫んだ司は凶暴な獣のように牙を剥き、雅也に飛び掛った。

だが、何の捻りもなくただ真っ向からぶつかっていっただけでは、寸前であっさりとかわされてしまい、司は勢いをつけたまま床に顔面から倒れ込んだ。

「呆れるほど素直な攻撃ですね。やっぱりお坊ちゃんだ」

上質な絨毯に顔を埋めた司に、白けた声が降りかかってきた。

長い毛足を毟り取ってしまいそうになるほど強く握り締め、奥歯を痛いくらいに噛み締める。這《は》い蹲《つくば》った無様な体勢からすぐさま身体を起こして、司は雅也を睨め上げた。

「うるさい！　黙れ！　その写真を今すぐ寄越せ！」

「それが人にものを頼む態度ですか？」

雅也が皮肉げに薄い唇を歪めて、写真をひらひらと空中に振ってみせた。

「ああそうか。司様は今まで命令する側でしたもんね。頼むという行為は初体験ですか」

そんなわけあるか。

司は心の中で怒鳴って、唇を噛み締めた。僅かに鉄の味がした。

もうお金持ちのワガママ息子ではないのだ。この数年で人へのものの頼み方も、御礼の言い方も、謝り方も学んだ。今の自分は雅也の知っている司ではない。

だからこそ、雅也にだけは頭を下げたくなかった。

「馬鹿馬鹿しいと笑って、今すぐ逃げ出しても構いませんよ。その場合この写真は渡しませんけどね」

「……っ」

「でも、あなたが逃げ出せば、契約不履行《ふりこう》で誠二に渡した金は全額返してもらいます。その際、俺が買い取ったこの写真とメモリーカードは彼に返さないといけません」

司は伏せていた顔をはっと跳ね上げた。

「誠二が欲しいのは金だ。アイツは金で動く。一旦手に入れた金をまた手離さないといけなくなったら、きっと暴れるでしょうね。何もない時はニコニコと好青年ぶっていますけど、実は案外キレやすい。司様、あなたが理不尽な彼の要求に従っていた本当の理由は何ですか？　考えてみてください。ここで逃げたら……あなたの守りたかったものは明日にも壊れるかもしれない」

磨かれた靴先が、一歩、司に近づき、

「――すべてはあなた次第です」

今や雅也が完全に優位に立っていた。

日本のトップ俳優がどれだけ稼いでいるのかは知らない。だが少なくとも、司には払えず屈服するしかなかった額を簡単に払えるだけの財産を所有しているということだ。

雅也がわざわざ誠二と連絡を取り合ってまでこの取引を交わす意味が見えてこない。

彼が何を考えているか、まったくわからなかった。

ただ、司に好意的でないことは明らかだ。

偶然再会したことを機に、思い出したように今更過去の復讐でも企んでいるのだろうか。

それこそ、金持ちの暇潰しとでもいうように。

昔は事あるごとに理由をつけて雅也を這い蹲らせ、その頭上から、司がゲームの覇者の気分で満足げに見下ろしていた。

それが今はどうだ。

司が床に膝を付き、雅也がそれを白けた眼差しで見下している。

悔しくて、情けなくて、目頭に熱の塊が盛り上がりそうになったが、この男の前では絶対に泣くものかと必死に耐えた。

――俺が守りたいもの。

それは司が一番苦しい時、行き倒れていた見ず知らずの自分を何の疑いもなく家に連れて帰り、力になってくれた宇都宮夫妻と、彼らをとりまく環境だ。

誠二を怒らせれば、おそらく怒りの矛先はあの店に向かうだろう。二年間も働かせてもらった、司にとってとても大切な場所だ。

「…………っ」

司は黙って絨毯の上に正座をした。

――それが人にものを頼む態度かよ？

かつて、司がよく雅也に向かっておもしろ半分に言い放っていた言葉だ。当時、雅也は別に無礼を働いたわけではない。背が高い雅也に立ったまま見下ろされるのが気に入らなかっただけだ。理不尽な司の言葉にも、雅也はいつだって文句一つ言わず従った。

あの頃、雅也が常にどういう行動を取っていたかを思い出す。

司は深呼吸を繰り返し、黙ったまま、その場で土下座をした。

「……何の真似ですか？」

頭上から雅也が形だけの問いかけを投げて寄越す。

司は静かに息を吐き出し、吸い込んで、

「……お願い、します。写真を返してください」

掠れて震えた声は、自分の耳に想像以上に大きく響いて聞こえた。

一瞬、沈黙が落ちる。

不意に雅也が喉元にこもるような声を漏らしたかと思った次の瞬間、声を上げて笑い出した。

「よかったですねえ、プライドを投げ出しても守りたいものが見つかって。執着心の薄かった昔の司様からしたら大きな成長ぶりだ」

厭味ったらしい物言いに、彼の裏の顔を見た気がして、少なからずショックを受けた。

「まあ大体の事情は知っていますが、それにしても少し妬けますね。弱っているところをちょっとやさしくしてもらっただけで、あの司様が簡単に懐いてしまったわけですか……へえ、あのカフェの店長か」

「宇都宮さんは関係ないだろ！　全部俺の責任だ。お願いだからあの人には迷惑をかけないでくれ」

顔を跳ね上げると、表情を一切消した雅也が司を黙って見下ろしていた。背筋がぞっとする。冷ややかな沈黙が何を要求しているのか察して、司は上げた頭を再び沈めた。

「……あ、……お、お願い…します。店には何もしないでください。お願いします」

ふっと、笑う気配があった。

「何もしませんよ、司様」

雅也が一転してやわらかな声音で語りかけてきた。

「さあ、顔を上げてください」

昔よく耳にしたやさしい声。張り巡らされた緊張感が一瞬にしてやわらいだような気がした。悪夢から覚めたみたいに司は心底ほっとして、どこか救われたような気持ちになる。

ゆっくりと目線を持ち上げると、雅也が少し困ったように微笑んでいた。

記憶よりも年齢を重ねたぶん、少し鋭角になった輪郭の内側で、薄い唇が僅かに開く。

申し訳ありません、つい意地悪をしてしまいました。——そんな言葉が聞こえたような気がした。

「それじゃあ、そちらのベッドに移動してください」

「え？」

「着ているものをすべて脱いで、ベッドに上がってください」

司は思わず瞬いた。やさしく微笑む口元から、まったく予想外のセリフが返ってきて、ひどく戸惑う。自分の聞き違いではないかと思った。

だが、しきりに瞬きを繰り返す司に向けて、雅也はにっこりと笑みを深めると、

「あなた次第だと言ったでしょう。あなたはここに何をしに来たんですか？」

この世から抹消《まっしょう》してしまいたい例の写真を、わざとのように振ってみせたのだ。

目の前が一瞬真っ暗になる。

崖から落ちかかっているところにロープを投げてもらい、あと少しで助かるというその寸前で、いきなりナイフを命綱にあてがわれた気分だった。

彼は冗談を言っているのではない。よく見れば、目が笑っていないことに気づく。

「何をぼんやりと座っているんですか。ほら、早く脱いで。まずは、その上で自分でやってみてください。マスターベーションくらいしたことあるでしょう」

「――なっ」

司は愕然となった。全裸になってここで自慰をしろということか。

「……そ、そんなことは……」

「できないわけがないですよね」語尾を遮るように雅也が強めの口調で言った。

大きなストライドで数歩歩き、彼はソファに腰を下ろす。

「昔、俺にもやらせたじゃないですか。司様はそれを笑って見ていたでしょう？」

はっと目を見開く司に見せつけるようにして、雅也が長い足をゆったりと組んだ。

「あの時と同じです。今度は司様が、俺の目の前で、やってみせてください」

ふざけるなと怒鳴り散らして部屋を出ていきたかったが、そんな選択肢は最初からないことぐらいわかっていた。

例の写真が、これ見よがしにテーブルの上に置いてある。ソファから雅也が優雅に頬杖をつき、こちらを見ていた。

司は言われた通り、衣服を脱ぎ捨て、広々としたベッドに上がる。

下着に手をかけようとして一瞬動きが止まった司を、そんな恥じらいさえも愉快だと言わんばかりに眺めている雅也が悪趣味すぎて、反吐《へど》が出そうになった。ここで恥ずかしがっても、雅也を悦ばせるだけだ。カッと頭に血が上りそうになるのを、何度も唇を噛み締めてどうにかやり過ごす。

「ちゃんと見えるように、足を大きく広げてくださいね」

「……っ」

歯を食いしばり、雅也に向けて立てた両膝を思い切ってひらく。間から見下ろした自分のものは、当然ながら羞恥と屈辱で完全に萎えていた。あまり日にやけていない頼りない膝が震えている。みっともないそれを抑えようとして、力の入った足の指先が丸まった。

「どうぞ、始めてください」

「……っ」

いちいち癇に障る言い方をしてくる男だと思う。

昔はこんなんじゃなかったのに――いや、本当にそうだろうか。もしかしたらあれが演技でこっちが本性なのかもしれない。いつの間にか日本のトップ俳優になっていた男だ。南波家で暮らしていた頃から毎日作った自分を演じていたのならば、相当なものだ。甘いルックスの爽やかな好青年だと世間では評判だが、本性は腐っている。みんな騙されている。

「どうしました？　まったく手が動いていませんが」

「……黙れ。今やる」

「この状況でその言葉遣いはやめた方がいいですよ」雅也がどこか困ったように笑った。生意気だと言外に言われているのだろうか。気分を害してしまったかとにわかに不安になったが、雅也は相変わらず楽しげに目を細めてこちらを眺めている。きっとこんなふうに、自分の言葉一つにいちいちビクついている司の姿すら愉快で仕方ないのだろう。かつての司が雅也の困り顔に一種の興奮を覚えたように。

雅也の母親の再婚が決まり、二人が南波家から出ていくことになったその前日、司は怒りを堪えきれずに物に八つ当たりしながら、彼を自分の部屋に呼びつけた。その日まで、司は何も聞かされていなかったのだ。屋敷の者たちには雅也が自ら口止めして回っていたのである。

——自分の口からお伝えしたかったので。

あの日、雅也は荒れた部屋を困ったように見渡しながら、そう言った。

嘘をつけ。司は怒鳴りつけた。本当はその日、司は友人宅のホームパーティーに出かける予定だったのだ。翌日は日曜だったから、そのまま泊まるつもりだった。直前になってキャンセルしたのは、たまたま使用人の立ち話を聞いてしまったからだ。何も知らずに出かけていたら、雅也たちは司に黙って屋敷から出ていったに違いない。現に今日もあと少しで終わろうというのに、司は雅也からまだ何も聞いていなかった。

――最後の命令だ。

怒りの治まりきらない司は、いいことを思いついて雅也に言いつけた。中学二年生になった司の周辺では、会話の中に猥談《わいだん》がちらほら混ざり出して、興味もあった。

――服を脱いでそこのベッドに上がれよ。それから……。

当時大学生だった雅也の見慣れた顔は、たぶん、その時がそれまでで一番困ったように歪んでいたと思う。十二年も一緒に過ごしてきて、最低の別れの挨拶だった。

あの時のことを、当の雅也が忘れるはずがなかったのだ。

八年も経って、当時自分が受けた屈辱と同じものを司に与えて、おもしろがっている。見た目の爽やかさを裏切って、ねっとりと纏わりつくような執念深い男だ。

ベッドの上ではしたなく股を開きながら、司は涼しげな顔をしてソファに座っている雅也をきつく睨みつけた。

頬杖をつきつつ、雅也が軽く目を瞠る。

「……だからそんな顔はしない方がいいと言っているのに」

苦笑混じりに言われて、わけもわからず司は咄嗟に目を逸らした。

「ほら、手が止まってますよ。せっかく元気になってきたのに。頑張って動かさないとすぐに萎んでしまいますよ」

「……っ」

こんな状況でさえ触れれば熱を持つ自分自身が情けない。

熱に潤んだ視界の端に、そろそろと上下する自分の手が入り込む。その中で、着実に育っていく様子が見て取れた。雅也の言葉に煽られて、体液が滲み出した先端が切なげに震えている。

改めて雅也の視線に晒されていることを意識した途端、腰の辺りに一気に熱が溜まってくるようだった。

思わず目を閉ざす。

すると今度は脳裏にとんでもない映像が蘇ってくる。

当時大学生だった雅也の姿だ。現在の司とまったく同じ恰好でベッドの上で自慰をしてみせる。切羽詰まったような低い息遣いまでが耳に蘇ってくるようだった。

今の司よりも若いはずなのに、記憶の中の雅也の方が何もかもが大人だった気がする。張りのある引き締まった下肢、うっすらと割れた腹筋、湿って色濃くなった茂み、逞しく勃起した雅也自身――。

「……うっ」

急激な排泄感に襲われて、呼吸が荒くなった。

「…あ……ティ、ティッシュ……」

焦って片手を後方に伸ばした。ベッド脇に置いてあるのではないかと期待する。

「この中に出してください」

声がして、司は無理に捻っていた首を元に戻した。

いつの間にかソファから立ち上がり、移動してきた雅也が立っている。

八年前の記憶がフラッシュバックした。『お願いします』と、熱っぽく掠れた声で雅也に頼まれたことを思い出す。想像以上の刺激の強さに顔を真っ赤にして見入っていた司が、慌ててティッシュケースを探し、急いで数枚引き抜いて彼に手渡した時の映像だ。

あの時のように、雅也がティッシュペーパーを渡してくれるのだと思っていた。

しかし、彼は張り詰めた司のその先端に、何を思ったのか、自分の手のひらを被せてきたのだ。

「どうぞ」

「……え？」

予想外の行動に、司は戸惑った。

どうぞ、とは。まさか雅也の手の中に射精しろということか。悪趣味にもほどがある。

「……な——何、言ってんだよ、手、どけろよ……ティッシュを……」

「一気にこんなに硬くして、一体誰のことを考えていたんですか？」

雅也が自分の手のひらを、ぐっと司の先端に押し付けてきた。

「あっ」

厚い手のひらをまるで蛇口を捻るかのようにして動かされ、敏感な鈴口を強引に押し開かれる。体液の滲んだそこから粘ついた音がして、呼吸の間隔があっという間に短くなっていった。頭は白く霞み、全身が上気する。熱で潤んだ瞳に、今の自分とは真逆の冷徹で無表情の雅也の顔が映った。こんな司を間近に見つめながら、彼こそ何を考えているのだろう。じっと引力の強い眼差しに晒されている状況に、背筋に言い知れない震えが走る。

「……いやらしい顔だ」

一際強く、捏ねられた瞬間だった。

「ああっ！」

下肢がぶるりと震え、顎を突き出すと同時に司は果てた。すさまじい快感と疲労感に襲われて、乱れた呼吸を繰り返しながら、そのまま横倒しになる。

「たくさん出ましたね。最近はしてなかったんですか？」

ベッドの端に腰掛けながら嘲笑うように訊いてくる雅也を、視線だけ動かして見やる。睨みつけたかったが、そんな気力もなかった。

気怠く流した視線の先、雅也が次に取った行動を見て司はぎょっとする。彼の手にべっとりと付着した白濁が血管の浮いた手首にまで垂れ下がり、それをあろうことか突き出した舌で舐め上げたのだ。

「――っ！　このヘンタイ…っ」

思わず唸るような声が口をついて出た。

だが、雅也は司の体液を舐め取りながら、おかしそうに目を細め、

「俺がそうならあなたも相当でしょう。ここに男のものを咥えて気持ちよくなる感覚は、俺にはわかりませんから」

不意に足首が取られたのはその時だった。悲鳴を上げる間もなくシーツの上をずるりと引き寄せられ、剝き出しの尻のはざまを指でなぞられる。

ねちゃりと粘着質な感触。たった今吐き出したばかりの自分の精を、まだ乾いてすぼまっているそこに塗りたくられている。

信じられない思いで染み一つない白い天井を凝視し、仰向いた喉がひくりと戦慄いた。

「いつ頃からここを使うことを覚えたんですか？」

雅也の指が後孔を押し上げる。

「ふざけるな……っ放せ」

そんなことをされると、ぬめりの力を借りて今にも指が中に入ってきそうだ。進入を拒むように思わず下肢に力を入れた。腰を捻り、スプリングの効いたベッドに両肘をついて、勢いよく上半身を起こす。

だがすぐに、左足首を掴まれて高く引き上げられた。

「あっ」と喉元から甲高い悲鳴がこぼれ、再びベッドに仰向けに転がる。

「落ち着きがありませんね。暴れてもいいことはありませんよ」

片足だけ持ち上げられた不安定な体勢のまま、先ほどと同じようにまた指が後孔にあてがわれた。今度は若干強めの動きで縁のきわどい部分をなぞり出す。

「やっ、やめ……っ」

「やめてもいいんですか？　弛んできましたよ、ここ……とても嫌がっているようには思えませんが。むしろ誘われているみたいですけどね」

入り口の襞を伸ばすように、薄い尻たぶをぐっと押し広げられる。肌が突っ張り、普段は隠れているはずの粘膜が外気に触れた。周辺より空気の冷たさを感じたそこを、長い指が執拗《しつよう》に擦り上げてくる。

「ひぃっ」

反らした喉から悲鳴のような声が漏れ、直後、指が何の抵抗もなく司の中へ沈み込んできた。ぬるぬると蠢《うごめ》く異物感。しかし、覚えのあるその感覚に思わず腰が揺らめく。半開きの唇から熱のこもった吐息が溢れ出した。

こんなことをされるのは一ヶ月ぶりだ。誠二には金をせびるついでとばかりに、彼の気紛れで何度か抱かれた。けれども今月に入ってからは先日会った時も含め、それがなかった。だから久しぶりだ。

中を擦られることで女のように気持ちよくなってしまう自分を司はよく知っている。意思に反して素直な身体の反応が歯痒くて、だがどうすることもできない。期待に満ちた快感が押し寄せてくる。これが雅也の指だということを一瞬忘れそうになる。

指が増やされて、ぐるりと掻き混ぜられると、司は鼻にかかった嬌声を上げて思わず中を締め付けた。

「……随分と慣れてるんですね。こんな顔を、今まであいつの前で何度もしてみせたんですか。あんな写真を撮られていることにも気づかないくらい夢中になって。そんなにあの男に抱かれるのは気持ちよかったですか」

後ろを煽る手を休めずに、雅也は反対の手で伸び上がるようにして司の顎を掴んだ。生理的な涙の浮かんだ視界にぼんやりと影が入り込む。雅也がどんな表情をしているのかはあまりよくわからなかった。だが声ははっきりと聞こえたので、司は咄嗟に首を振っていた。顎を押さえられているのでぎこちない動きになる。ほとんど反射的だったが、縦には絶対に振りたくないと思った。

顎を固定する指に痛いくらいの力が込められる。

「何が違うんですか？　……ああ、なるほど。別にあの男じゃなくても相手は誰でもいいってことか。そういえば、もともとは殿村に抱かれるつもりであなたはここに来たんでしたね。たった数年、目を離した間にとんだ淫乱に成長したもんだ。……誰に抱かれてもいいだなんて馬鹿なことを」

皮肉げに嗤っていたかと思えば、なぜか最後は舌打ち混じりに呟いて、

「それではお望み通りにしましょうか」

指が引き抜かれたかと思った次の瞬間、空洞になったそこに、雅也は信じられないくら

い大きなものをあてがってきた。

潤んだ後孔を硬い切っ先で軽くくじられて、はっと息を呑む。

丸みを帯びた雅也の先端は、目が眩むほど熱い。

「まさ……やめ……あぅ」

「そんな顔をしてもかえって逆効果だと言ったでしょう」

雅也は表情一つ変えない。

ぐっと体重がかかり、馴染ませるようにしてやわらかくほぐれた入り口を一番張り出した部分がゆっくりとくぐり抜ける。そこからは一気に最奥まで埋め込まれた。

目の前に閃光が散る。挿入の最初はいつも感じる太くて硬い異物感の苦しみに、細かく息を吐いて耐え、だがすぐにそれも薄れていった。

「……さすがに狭いな。こんなところに咥えるなんて想像したくもないですが、あなたにとってはこれが苦痛じゃなくて、快感なんですよね」

両足を抱えられ、頭上から蔑むように言われて、司はカアッと自分の顔がさらに熱くなっていくのを感じた。図星を言い当てられたがための羞恥だ。否定する嘘も出てこなかった。

その証拠に雅也の形を覚えた身体の内側が、次を求めてうねり出す。

ぎっしりと埋め込まれた雅也を一旦意識すると、肉壁がぴったりとそれに吸い付くようにして勝手に蠢き始めた。意思とは関係なく勝手に乱れそうになる自分を恐れる。

「……な、何ぼーっとしてんだよ待たせんな……入れたなら、は、早く動けよ」

咄嗟に挑発するような言葉を投げかけた。

不意に雅也がすっと、白けたように目元を眇めてみせた。

汗の浮いた司の足を抱え直すと、低く吐き捨てるようにして、

「……本当に腹が立つほどの淫乱坊ちゃんだ……っ」

「――――！　っあ……ああっ！」

いきなり膝が胸につくほど身体を折り曲げられたかと思うと、上から串刺しにするように雅也が沈み込んできた。

そのまま激しく腰を何度も打ちつけられる。

敏感な粘膜を角度をつけて巧みに擦り上げられ、奥深くまで勢いよく突き上げられ、司の喉からはひっきりなしに喘ぎ声がこぼれ落ちた。

いつでも穏やかで、どんな時も怒ることをしない雅也しか知らなかった司は、初めて見せつけられる彼の激しさに、無意識に煽られていた。兄や下僕ではない、初めて雅也の男の部分に触れた気がする。

すぐに快楽に溺れた。最後は逞しい背中に無我夢中で抱きついていたかもしれない。

やがて奥深くに熱の塊みたいな体液を叩きつけられるのとほぼ同時に、司も再び達し、高みに放り出されるようにして意識を手放した。


目が覚めると、すでに辺りには雅也の姿がなかった。

すっかり日は昇っているようで、半分ほどカーテンの開いた大きな窓からは眩しい朝日が差し込んでいる。

「……つっ」

昨夜の無理な体勢がたたったのだろう。

身体中がぎしぎしと軋んで、動くのがつらい。

あのまま気を失うようにして寝てしまった司の身体は、べたついているはずなのになぜか不快感はなかった。どうやら眠っている間に身体を拭いてもらったらしい。

あんなふうに抱かれながら気を失ったことも初めてなら、こんなふうにきちんと後処理をしてもらったことも初めてで、少し戸惑う。しかも相手が相手だ。

その売れっ子芸能人は今日も朝早くから忙しく仕事に出かけたらしい。

ベッド脇に備え付けられたデジタル時計を確認すると、まだ七時を過ぎたところだ。

雅也の姿が消えていることに司は内心ほっとしつつ、しかし心のどこかでは何も言わずに部屋を出ていくその素っ気なさに微かな苛立ちを募らせる。

「人気俳優が裏でこんなことしてるのがわかったら、それこそ大騒ぎになるだろうな」

恋人にしたいだの抱かれたいだの、女性誌のアンケートではここ数年常にトップを陣取っている男だ。彼がいるのは水物の世界。週刊誌におもしろおかしく書き立てられれば、あっという間に芸能界引退に追い込まれるかもしれない。

涼しげな雅也の顔が焦って醜く歪む様子を想像して、少し溜飲《りゅういん》が下がる。

司は軋む身体に鞭を打って、そろりとベッドから足を下ろした。

今日もバイトのシフトが入っている。のんびりしている暇はない。

「……ん？」

枕元に何かが置いてあった。

それを手に取り、改めて目にしてぎょっとする。司が写っている例の写真だ。

「アイツ……っ」

力を込めて握り潰した。

ふと不安に駆られて、身体を引きずるようにして自分の荷物を捜す。

歩いているうちに、内股をつー、と何かが流れ落ちる感触がして、司は顔をしかめた。

一瞬、白濁したそれが何かわからなかった。そしてすぐに理解する。まだ腫れぼったい後孔から昨夜の残滓が思い出したように垂れてきたのだ。

広い部屋で司は一人、カアッと顔を真っ赤にして、慌ててベッド脇に戻りティッシュペーパーを何枚もざくざくと引き抜いた。唇を噛み締めながら、濡れた内股を拭く。

「あのヤロー……っ」

生々しい淫らな記憶がまざまざと蘇りそうになって、司は頭を振り、大量のティッシュペーパーを昨夜の記憶ごとぐしゃりと丸めてゴミ箱に叩きつけた。

適当に床に投げていた荷物は、続き部屋のソファの上にきちんと並べて置いてあった。その横に、脱ぎ捨てた衣類がちゃんと畳んで置いてある。ご丁寧に下着まで小さく畳んで一番上に。収納しやすいコンパクトな畳み方は間違いなく几帳面なあの男のやり方だ。こういうところは昔から変わってない。

「どうせ穿くってわかってるくせに、こんな面倒なマネしやがって。嫌がらせか」

司は折り紙のように畳まれた下着を分解し、そろそろと筋肉痛の足を通した。

服を身につけて、鞄の中から携帯電話を取り出す。番号を呼び出し、少し躊躇ってから電話をかけた。

『――はい？　どちらさま？』

寝起きのような不機嫌な声が返ってくる。

「あ、あの……司です」

回線の向こう側で、一瞬沈黙が落ちた。

『……ああ、司クンか。番号しか出ないから誰かと思った。そういや、アドレス削除されたんだったわ』

「え？」

『で？　何？　もう俺には用はないはずだろ。つーか、お前とこうやって話してるのバレたら俺の身がヤバイんだけど。もう連絡は取らないって約束させられたのに、そっちからかけてきてどうすんだよ』

誠二が苛々とどこか焦ったように言う。だが、司はいまいち話が読めない。

「あの、写真のことなんだけど……」

『ああ？　だからもうそれは話がついただろ。つーかさ、お前、恩田雅也の知り合いならそう言えよ。急に押しかけてくるし、マジで怖えっつーの』

ぎょっとして思わず押し黙ってしまった司の耳に、誠二の早口が傾れ込んでくる。

『とにかく。金はもらったし、取引は成立したはずだろ。あとはそっちで勝手にやってくれよ。もう俺の手元にはお前に関するものは何一つ残ってねーし。この番号も消すから、お前も二度とかけてくんなよ。あの人怒らせると何するかわっかんねーからな。普段ニコニコ笑ってるヤツほど怒ると手に負えねェんだよ』

殺されるかと思った。と電話越しに誠二が冗談ではなくぼそっと呟いた。

『それじゃあな』

「あ、待っ」

一方的に、電話は切られてしまった。

シンプルな液晶画面を眺めながら、困惑する。

そういえば、例の写真はデータごと雅也が買い取ったと言っていたのを、後れ馳せながら思い出す。誠二の弱みを握っているというようなことも言っていた気がする。

だとすると、さっきの彼の反応は何となく理解できた。誠二も、雅也が人前で被っている大きな猫の皮を剥ぎ取った時の顔を知っているのだ。

電話の様子からすると、もう誠二が司に連絡を取ってくることはなさそうだった。

おそらく、宇都宮や店に迷惑がかかることもない。

ひとまずほっと胸を撫で下ろす。しかし、別の問題が残ってしまった。

司はぐしゃぐしゃに握り潰した写真を見て、にわかに嫌な予感を覚えた。

写真はこれ一枚ではない。何枚でも複製できる。モトを手に入れなければ終わらない。

結局、相手が誠二から雅也に代わっただけで、状況は何一つ好転していない。金で動く誠二よりも何を考えているのかわからない雅也の方が、ある意味悪化している気がした。

はっと司は思いついて、急いで寝乱れたベッドに戻り枕元を探った。

「……やっぱりないか」

がっかりして肩を落とす。もしかしたら写真と一緒にメモリーカードも置いてあるかと一瞬期待したが、何もなかった。

雅也はあれを手に入れて一体どうするつもりなのだろうか。

その時、いきなり手元の携帯電話が震え出した。

不意打ちの着信にびくりとして、思わず取り落としそうになる。

跳ねた携帯電話を慌てて受け止めて、画面を覗き込むと、知らない番号が表示されていた。

——嫌な予感がした。

「……はい」

『おはようございます。一人で起きられましたか』

耳に想像通りの人物の声が流れ込んできた瞬間、司は盛大に舌打ちをしていた。

「何でお前が俺の番号知ってるんだよ」

『誠二の携帯から削除した時に覚えたんです。もうあの男から連絡をしてくることはないですから安心していいですよ』

「……代わりにお前からかかってくるんだったら、全然安心できねえよ」

悪態をつく司に対し、回線の向こう側では場違いに爽やかな笑い声がした。何を笑ってるんだこいつ。苛立ちが一気に増す。

『枕元に置いておいた写真に気づきましたか？』

雅也が急に話題を変えてきた。

「……メモリーカードは？」

『昨夜の約束ぶんはきちんとお返ししましたよ』

「だからカードは！」

『それはこれからです』

「――は？」

『まさか、ゆうべのあれだけで俺が誠二に支払った全額ぶんを回収できると思っていたんですか？』

司は戸惑った。もともと誠二とはそういう約束だったからだ。一晩、殿村の相手をしたら、データごと写真を渡してくれる。それでこの件は全部終わりにする。その話に乗ったから司は覚悟を決めて、昨夜このホテルの部屋のドアを叩いたのだ。

『そんなに自分の身体に価値があると思っていたんですか。すごい自信ですね。そこは昔と変わってない』

その割にはあまりサービスがなかった気がしますが、と雅也のくすりと馬鹿にしたような笑い声が聞こえてきて、司は怒りと羞恥に声を震わせる。

「お前…っ、いい加減に……」

『取引しましょうか』

怒鳴ろうとして、寸前で語尾を奪われた。

相手の感情を煽るだけ煽って反論する隙を与えないやり口に、かつて彼とカードゲームやボードゲームをした時のことを思い出す。ニコニコ笑いながらじわじわと司を追い詰める。もしかしたら雅也は日頃のストレスをあれで発散させていたのかもしれないとふと思った。最終的に司に一勝させればいいのだから、それまでの前振りでは負けて悔しがる生意気なガキを眺めて内心ほくそ笑んでいたのかもしれない。

回線の向こう側で、楽しげに薄い唇を引き上げている顔が容易に想像できた。

「――取引って何だよ」

司は込み上げてくる怒りを押さえ込むようにして、喉元から低く声を絞り出した。

一つ間を置いて、涼しげな雅也の声が返ってくる。

『これからの一ヶ月間、俺の言いなりになって過ごしてもらいます』

司は一瞬、言葉を失った。

『難しいことではないでしょう。別に心配しなくてもそんなに酷いことはさせませんよ。俺の傍にいて、身の回りの世話をしてもらいたいんです。マネージャーはいますけど、彼は彼の仕事で忙しいですしね』

雅也は淡々と続ける。

『ですが、少しでも俺の機嫌を損ねたらどうなるか——は、ご想像にお任せします。その代わり、一ヶ月の間俺の言いなりになって過ごしたら、その時はこれをあなたに差し上げると約束しますよ』

電話の向こう側で、コツコツ、と何か小さな音がした。司は思わず生唾を飲み込む。音の正体はおそらく、司が喉から手が出るほど欲しいものに違いない。

昨夜を乗り越えれば、今朝は解放感に浸ってほっと安堵しているはずだったのに。

窓からたっぷりと差し込む朝日が、まるで透明な鎖のように身体を縛り、重く圧し掛かってくる。

この部屋で殿村が待っていてくれた方がマシだったのかもしれない。

これから一ヶ月間も、雅也の言いなりになって過ごすなんて——考えただけで気分が悪くなりそうだった。

やはり、いまだに司のことを恨んでいるのだろうか。数年前の司が雅也をいいように使っていたように、今度は彼が自分を下僕として利用するつもりだろうか。

雅也の思考が読めなくて、得体の知れない恐怖に肌が粟立つ。

「……一ヶ月、お前の言いなりになったら、本当に返してくれるんだろうな」

『もちろん。俺が司様に嘘をついたことがありましたか？』

言い返したいことは山ほどあったが、どれもうまく言葉にならなかった。

沈黙を挟んで、乾ききった唇を動かす。

「……わかった。一ヶ月だな」

どれだけ考えてもそれ以外の答えは見つからない。

微かに笑う気配がした。

『取引成立ですね。ああ、そうそう。もうシャワーは浴びられましたか？　まだチェックアウトまで時間がありますから、ゆっくりしていってください。一応タオルで拭いておきましたけど、中の方までは処理できませんでしたから。ちゃんとご自分の指で丁寧に掻き出してくださいね。俺のが司様の中に残っていると、おなかを壊してしまうかもしれませんから――』

聞いていられなくて、司は通話を強制終了させた。

「ふざけんなっ、あのヘンタイ…！」

携帯電話をソファに叩きつける。

と、そこへ、部屋のドアがノックされた。

誰だろうか。今の電話のせいで、嫌な予感しかしない。司は恐る恐るドアに近づき、強張った声で問いかける。しかし、返ってきたのは予想外の言葉だった。

「おはようございます。朝食をお持ちいたしました。準備させていただいてもよろしいでしょうか――」

朝から一人ぶんにしては多すぎる豪勢な食事が目の前に並べられていくのを唖然と眺めながら、司は雅也という男がますますわからなくなっていく。本気で気味が悪い。

半熟のスクランブルエッグを一口掬って食べた途端、枷《かせ》を嵌められたかのように足首がずんと重くなった気がした。

◆◇◆

「……そうか。できればずっといてほしかったんだが、事情が事情だしな」

宇都宮が珍しく神妙な顔つきでため息をついた。

「すみません。これからもっと忙しくなるのに」

「ん――……まあそうだが、せっかくお前が身内同然っていう人に会えて、世話をすることになったって言うんだから……お前の事情を知っている者としては、引き止めるわけにもいかないしなあ」

「……すみません」

「そう何度も謝るなよ。お前は何も悪いことしてねえんだから。それはそうと、身内同然っていうと、入院してるって言ってた執事さんか？　退院したのか」

そんなふうに訊かれて、司は一瞬躊躇い、曖昧《あいまい》に頷いた。

脳裏に穏やかな微笑みを湛えた老執事の顔が浮かぶ。彼は南波家を出てからすぐに病院に入ったと弁護士から聞いていた。当時すでに七十近かった老執事は、その数年前から体調が思わしくなかったらしい。弁護士が彼から預かったという手紙には、司を心配する言葉しか綴られていなかった。大変な時期に傍にいてやれなくて申し訳ないとも。

彼はまだ病院にいる。世話をする相手が本当に彼だったらよかったのにと、司は内心で残念に思った。実際司が世話をするのは今や地位も金も手に入れた男なのだ。そのために大好きな人や場所から嘘をついてまでして離れなければいけないことがつらい。これもすべて雅也の命令だった。

「まあ、今までお世話してもらったぶん、今度は恩返ししたいっていうお前の気持ちもわかるしな。もういい年なんだろ？　その上一人ならきっと心細いよ」

「……はい」

強面の宇都宮が、ふとつり上がった目をやさしげに眇める。

「お前、初めて会った時と比べたら、随分と変わったよ。最初は生意気そうな目をしてよく突っかかってきたけど、今は相手のことを思いやる余裕もできて、十分頼れる男だ。しっかり執事さんの力になってやれよ。頑張れ」

ぽん、と力強く肩に手を乗せられ、司は少し泣きそうになった。

スタッフルームを出ると、「南波サン！」と、待ち構えていたように抱きつかれた。

「南波サン、ホントに辞めちゃうの!?」

「ミンホ……うん、急な話でごめん」

「そんなあ、辞めるのやめてよ」ミンホが眉をハの字にして力いっぱい抱きついてくる。

だがすぐに「おい、ワガママ言うな天パ」と後ろにいた先輩スタッフに引き剥がされた。

「天パじゃない、手間がかかってるんです！」といつものように抗議して逆に頭を叩かれている光景は、これまで何度も目にしたものだ。今日で見納めかと思うとさみしい。

いつの間にか、世話になった店のスタッフが集まっていた。

「二年間、お世話になりました」

「おう。何か困ったことがあったらいつでも声かけろよ」

「はい。ありがとうございます」

「ここに来た頃とは大違いだな。ありがとうなんて絶対に言わなかったくせに」

苦笑顔で頭を掻き混ぜられる。

「南波、これ作ったから食べてくれ」

キッチン担当の先輩には大きな袋を渡された。

「新しいメニューを考えたんだ。それとあと他にもいろいろ入ってる。日持ちするものもあるから、適当に食べてくれ」

淡々としたやさしさが嬉しくて、司は袋を受け取りながら深々と頭を下げる。

「ありがとうございます。お世話になりました」

「元気で。たまには店に顔を出しに来てくれ」

「南波サン、ボクのレミちゃんも記念に持っていっていいよ」

「何の記念だよ。ゴミになるだけだろうが。お前、ロッカー間違えて俺のとこにも何か突っ込んでただろ。南波、これはあれと一緒に処分するから気にするな」

「あ――っ！」

ここで働き始めた当初はただ鬱陶しかっただけの仲間同士のやりとりが、こんなにも心安らぐものだとは知らなかった。司が金を持っていなくても、きちんとつながっている。そんな当たり前の人間関係を自分も築けたことを幸せに思う。

司は最後に思いっきり笑って、二年間働いた店を後にした。


「おかえりなさい」

古びたアパートに戻ると、部屋の前で長身の人影が待ち伏せていた。

一気に気分が沈んだ。敷地内の地面が水を含んだスポンジみたいになって、足元が急にずぶずぶと沈んでいくような錯覚に陥る。

バイト仲間とのさみしくも笑えた最後の別れの余韻に浸りながら、ゆっくりと一人で心地いい眠りにつきたかったのに。せっかくの予定が台無しだ。

司は切れかかっている電灯の下で微笑みながら迎えてくれる雅也を視界に入れて、疲れたようなため息を爪先にこぼした。一般人とは明らかに一線を画した雰囲気。彼の背後で明滅する明かりの輪の中を飛び回る蛾《が》が蝶に見えるほどだ。

夜にサングラスをかける意味もわからない。

「大荷物ですね。お世話になったみなさんとのお別れの挨拶は無事に済みましたか？」

慣れた仕草でブランド物のサングラスを外し、雅也が訊いてきた。

「いい匂いがしますけど、何ですか？」

「……キッチン担当の人がくれたんだよ。新作メニューを作ったからって」

「へえ。そういえばあそこのカフェはフード類も充実してましたからね。楽しみです」

自分も食べる気満々の図々しい言葉に、司は苛立ちを堪えながら訊き返す。

「そんなことよりこんなところまで来て何の用だよ。俳優ってそんなに暇なのかよ。明日からだろ、俺がお前の周りで働くのは」

「ああそうそう、明日はドラマのロケなんです。今日は雨が降ったので中止になりましたけど、明日はいい天気になりそうですからね」

だから何？　という司の目線は無視して、雅也が外廊下の手すりから子どものように身を乗り出して、夜空を仰ぐ。半ば呆れながら司もつられて見上げると、紺色の空に無数の小さな星が散らばっていた。

「晴れた日は外でご飯を食べたくなりませんか？　どうしても食べたいものがあったので、司様に明日、買ってきてもらおうかと思いまして。今日はその打ち合わせをしに」

そんなのメールで十分だろ。わざわざ来て話すことかよ。

司は口の中だけで悪態をついて、苦いため息とともに舌打ちを落とした。

「もちろん、引き受けてもらえますよね」

断れないことを知っていてあえて訊いてくるところが、本当に性質が悪い。

「……どこに行けばいいんですか？」

わざとらしく口調を変えてぶっきら棒に問う。雅也が演技めいた仕草で薄い唇をゆっくりと引き上げ、声もなく笑った。

「一日働いておなかが減ったでしょう。食べながら話しましょう」

司の手元から荷物を勝手に引き取る。だから早く鍵を開けろと、無言の笑顔で急かされているのがわかった。「今すぐ帰れ」と心の中で力いっぱい怒鳴りつけながら、司は黙って鞄から鍵を取り出す。今は、何があろうと雅也に抗えない。

薄々そんな予感はしていたが、食事を終えた後、言葉巧みに言いくるめられるようにして雅也に抱かれた。


暦の上ではとっくに秋に突入しているが、残暑が尾を引いて日中はまだまだ汗ばむほどに暑い。先月の方がむしろ涼しかったかもしれない。まるで月が入れ代わったかのように暑さがぶり返していた。

朝はさすがに気温が下がってきたので、半袖では寒いかもしれないと躊躇《ちゅうちょ》したけれど、司の選択は間違ってなかったようだ。念のため薄手のシャツを羽織っていたが、電車に乗ってすぐに脱ぐ羽目になった。駅に降りてからは少し歩いただけで汗が滲み出てきて、半袖でも暑いくらい。せっかく朝一番で銭湯に行ってきたのに、もう汗でべとべとだ。

襟元を引っ張りべとつく肌に風を送り込みつつ、司は携帯電話の画面と見比べながら歩いていた。雅也から指定されたサンドイッチ専門店に向かうためだ。

カツサンドが人気のその店は、朝から行列ができるほどらしい。雅也のリクエストもまたカツサンドで、司は朝から調理パンを求めて列に並ぶよう指示されたのだ。

ドラマの撮影現場では演者には弁当が用意されているのではないのか。どうしてわざわざ司が買いに行かなくてはいけないのだ。

――毎日濃い味付けのお弁当だと飽きてくるんです。たまには違うものが食べたいでしょう？

昨夜の雅也の言葉を思い出して、司はチッと舌打ちをした。

「……贅沢者め」

かつての自分を棚に上げて、低く吐き捨てる。

カツサンドだって十分味が濃い。要するに、ただのあの男のワガママだ。それとも、単なる司に対する嫌がらせか。

現在の司は、もちろんおいしいものを食べるのは好きだが、それより何より、ものを食べられる幸せに感謝することを覚えた。過去に、住むところも食べるものもなくなって、行き倒れた経験があるからだ。当時、宇都宮夫妻に拾われて、夫人が作ってくれた即席おじやはそれまで食べてきたどんな高級レストランの料理よりもおいしかった。料理そのものの味もよかったが、きっと彼らの温かい心に救われたのだと思う。

似たような思いを、雅也も経験したことがあるだろうに。

それとも月日が経てば忘れてしまえるものなのだろうか。

俺は忘れたくない。微笑ましく思うほど仲睦まじかった夫妻を思い出しながら携帯電話のナビを頼りに道を辿っていくと、やがてそれらしい光景が目に飛び込んできた。

まだ開店前だというのに、すでに二十人近い人が歩道に陣取り、長い列を作っている奇妙な一角。

「……あれに並ぶのかよ」

げんなりした。

その隙にまた一人、前方から若い女性が長い列を気にしながら早足でやって来るのが見える。

「やばっ、負ける」

慌てて司は走って、どうにか彼女よりも先に列に辿り着く。悔しそうな顔をして司の後ろに並ぼうとする彼女には、すれ違いざまにきつく睨まれた。

それから一時間近く、司は太陽にじりじりと焼かれながら、カツサンドのために立ち尽くした。列が動き始めるまで、ただひたすら待つ。

汗を垂れ流しつつ、やっぱりマナに戻ってみんなと一緒に働きたいとぼんやり思う。


きちんと領収書をもらい、サンドイッチの入った袋を抱えて、再び電車に乗り、今度は名前だけは知っている緑地公園に向かった。

初めて訪れる場所ばかりで、歩くだけで精神的に疲れる。

路上の案内地図を確認して、すぐ近くまで来ていることにホッとし、荷物を抱え直す。

ここまで迷子にならなかったのが奇跡だ。

——もう子どもではないのですから、一人で大丈夫ですよね？

雅也の馬鹿にしたような言葉を、逆に見返してやらなければならない。

逆らえない代わりに、少しでも多く、彼の知っている『司様』とは違う自分を見せつけてやりたかった。疎遠になっていた数年間のことまでも、まるですべてお前のことは知っているぞと言わんばかりの雅也の態度に腹が立つ。金と人を使って司の過去を調べることは可能だが、心の中まで知ったかぶりをするなと思う。

——弱っているところに手を差し延べられたら、たとえそれがどんな人間でもその瞬間は善人に見えますからね。それから後は刷り込みの要領で無条件に信頼してしまう。

雅也の口から出た宇都宮の印象だ。

——ああ、誤解しないでください。彼に裏があるという意味ではありません。彼は本当にお人好しなだけの善人のようですから。いい人に出会えてよかったですね。

完全なる上から目線。

「……お前に何がわかる」

記憶の中の偉そうな雅也に向かって低く吐き捨てて、司は横断歩道を渡った。

目当ての緑地公園に辿り着くと、もうすでに人だかりができていた。

どこから情報を聞きつけてきたのか、携帯電話やスマートフォンを手に持った主婦や大学生風の女性たちがドラマの撮影現場を遠目に見物している。ある程度距離をあけてロープを張り、ここから先は近づかないようにとスタッフが見張りをしていた。撮影開始の声がかかると、騒がしかった見物人もマナーを守ってしんと静まり返る。

その一番後ろから、司も背伸びをして撮影現場を覗き見た。

真っ先に視界に飛び込んできたのは、長身で華やかな存在感のある男――雅也だ。

その向かいに、女優の綾川はるみがいる。

この秋からスタートした新ドラマの撮影だ。今秋話題の注目ドラマである。

とはいえ、司はまったく観ていない。全部ミンホからの情報だ。すでに第二話まで放送済みのはずだが、切ないラブストーリーだということしか知らなかった。雅也がどんな役なのかもいまいちよくわからない。彼が主演ということが逆に司がドラマを観るのを頑なに拒む原因でもあった。

化けの皮が剥がれた本人が目の前にいるのに、わざわざ他人を演じている姿まで興味はない。一緒に暮らしていた当時、彼がずっと物腰やわらかな優等生を演じていたことを思い出すからだ。幼かった自分や家の者たちまでみんなを騙していたのだと思うと反吐が出る。それと知らずに一時期まで実の兄のように慕っていた自分が馬鹿みたいだ。

「ちょっと、アンタ」

不意に乱暴に肩を掴まれて、司は驚いて振り返った。

ポロシャツにジーンズ姿の若い青年が怖い顔をして立っている。

どこかで見かけた顔だと思ったら、ドラマのスタッフだ。確か、司がロケバスに運んだアイスコーヒーのグラスを割ってしまったあの時、駆けつけてきた彼。

スタッフの青年は不審者を見るような目つきで、司を睨みつけてきた。

「アンタ、あのカフェの店員だよな」

「……どうも。この前はすみませんでした」

正確には元店員だが、撮影当時は現役だったので迷惑をかけたことをまず詫びた。

だが彼は迷惑そうに聞こえよがしのため息をつくと、「ちょっとこっちに」と司の手を引っ張って、人込みから離れようとする。

突然のことに戸惑いながら、司は引きずられるようにして、なぜか撮影スタッフが機材を並べている場所まで連れてこられた。

テントが張られたその裏で、ようやく手が振り解かれる。

「アンタさあ、こんなとこで何やってんだよ」

スタッフが押し殺した声で問い質《ただ》してきた。

「あ、いやあの、まさ――恩田さんにこれを渡しに」

「はあ？　何、差し入れ？　おい、まさか恩田さんのストーカーじゃないだろうな」

「は？　ち、違いますよ！　何で俺があいつなんかの。俺はちゃんと本人に頼まれて」

「あいつってアンタ何様？　大体何で恩田さんがアンタに頼むんだよ。どうせ自分のいいように解釈して、勝手に持ってきたんじゃないの？　この前の撮影の時にちょっと知り合ったからって、調子に乗るなよ。マジで困るんだよ、こういう勘違いファンが多くてさあ」

うんざりするように言われて、さすがの司も頭にきた。

勘違いしているのはどっちだ。司だって来たくてここに来たわけじゃない。しかもあろうことか雅也のストーカー呼ばわりまでされて、こっちこそいい迷惑だ。

お互い敵意剥き出しで睨み合っていると、

「南波くん？　来てたんだ」

爽やかな風が吹き込むように別の声が割り込んできて、二人は同時に振り返った。

「恩田さん」とスタッフの彼がいち早くその名を呼ぶ。

出番が一つ終わったのか、いつの間にか雅也がそこにいて、笑顔で二人を眺めている。

「あ――すみません。あのこの人、何か恩田さんに渡したいものがあるって言ってるんですけど……どうしましょう」

なぜか悪いことでも報告するかのように、彼は申し訳なさそうに告げた。雅也の返事次第ではすぐにでも司の首根っこを掴んで公園から追い出しそうな雰囲気だ。

ところが雅也はにっこりと笑って、

「南波くんには俺が頼んだんだよ。ありがとう南波くん」

司の手から袋をさりげなく取り上げる。そして、

「これ、みんなで食べてください。カツサンドだから」

なぜかスタッフの彼にそのまま手渡してしまった。

「え……いいんですか？　うわ、やった」

喜ぶスタッフの隣で、司は唖然となる。これは雅也が食べるものではなかったのか。確かに頼まれた個数が一人で食べるには多すぎるとは思ったが。

しかし朝から炎天下の中、行列に並んでまでしてようやく手に入れたものだ。それを一口も食べずに、それ以前に中身を見ることなく司の目の前で他人に渡してしまうなんて、ちょっと酷くないか。何か言い知れない憤りが込み上げてくる。

――どうしても食べたいものがあったので……。

何が、どうしても食べたい、だ。結局、彼は司を使い走りにしたかっただけなのだ。

「あれ？　カツサンドの他にタマゴサンドも入ってますよ」

「え？」

「あっ、それは俺が勝手に――」

慌ててスタッフが覗き込んでいる袋に手を伸ばそうとすると、寸前で雅也が「ちょっと

ごめん」と掠め取った。そこで初めて中身を覗いた雅也に「これは？」と訊かれて、司は狼狽《うろた》える。

「……あ、いや、タマゴサンドもおいしそうだった……ものですから……」

「まさか、自分用？」図々しいとばかりに、スタッフが小声で横槍を入れてくる。

「ち、違いますよ！　……ど、どうぞこれも一緒に食べてください」

「自分の金じゃないくせに」

この青年は本当に司が気に入らないのだなと心底思う。

そこへ、別のスタッフが雅也を呼ぶ声がした。

「はい、今行きます。ああ、そうだ大山《おおやま》くん。ちょうどいいから紹介しておくよ。こちら南波くん。しばらく俺の身の回りの世話をしてもらうことになったから」

「えっ？　そうだったんですか？」

「うん。現場にも顔を出す機会が増えると思うし、覚えておいて」

「ああ、はい……まあ、そういうことなら……」

大山という名らしい彼は、口では了解したようなことを言いながら、いまだ司に疑わしそうな目線を向けてくる。

その時、雅也が「そうだ、大山くん」とたいした距離もないのに呼び寄せた。司の目の前でわざとのように耳打ちをしてみせる。話の内容はどうでもいいが、いたく感じが悪い。

「ごめん、よろしく」

「はいわかりました！」

「南波くんも、ありがとう。あ、でもまだ帰らないでね。大山くん、南波くんも一緒に連れていってそれ食べて。ゆうべも遅くまで付き合わせちゃったし、今朝も急いで出かけてもらったから、朝ごはん食べてないと思うんで」

「はい任せてください！　それじゃあこれ、ありがたくいただきます！」

胡散臭《うさんくさ》いほどに爽やかな笑みを浮かべる雅也に、大山は従順な飼い犬のように深々と頭を下げて見送る。司はそれを白けた気分で見ていた。

「……何アンタ、この前の失敗であの店クビになったのかよ」

二人きりになった途端、大山の口調が元の尖ったものに戻る。本当にわかりやすい。

別にクビになったわけではないが、辞めたことは事実なので司は何も言わなかった。

黙っている司に、やっぱりなというふうに大山がフンと鼻を鳴らす。

「なるほどな。それで、どうやって取り入ったか知らないけど、恩田さんに拾ってもらったってわけか」

「…………」

「相変わらずやさしいなあ、恩田さん。つーか朝飯食わずに、どこまでこれ買いに行ってたんだよ。まあアンタ鈍臭そうだし、一時間前行動くらいしないとヤバそうだしな。恩田さんなんて朝五時から仕事してたのに。自分のことより人の心配するんだからなあ、やさしい人だよ……それにしてもホント運のいいヤツ。アンタ、感謝しろよ」

誰がそんなものをするかと思う。

普段どれだけ外面がいいのか、大山はすっかり雅也の崇拝者だ。あの華やかで爽やかな男が、裏ではどんなに皮肉で冷酷な顔を持っているのか。きっとここにいる司以外の人たちは誰も知らない。

キャー、と雅也を見かけて興奮する女の子たちの声がして、司は頭が痛くなった。昨夜執拗に付き合わされた名残で、本当はまだ全身が怠くて仕方ない。苛々する。

みんな、騙されている。

雅也の世話係として働き始めてから一週間が経った。

といっても、司の仕事といえば荷物の整理や備品のチェックなどの雑用をはじめ、ジュースを買ってこいだの、荷物を持てだの。あげくの果てには着替えを手伝えと、台本を読んでいる雅也の邪魔にならないようにボタンを外し、私服を脱がして衣装を着させるということまでさせられる。一日一回は、俺はお前の執事かと怒鳴りたくなる。

だがそのたびに、過去を思い出して反省することで怒りを堪え、バランスを取るようにしていた。全部、かつては司が当時の執事にやらせていたことだ。それと同じぐらい、雅也にも命じていたことだった。

雅也の指示がいちいち幼稚じみていると思うのは、おそらくわざとだろう。

それらしく一般的な仕事を与えられるよりも、学生時代の体育会系のような上下関係を今になって押し付けられる方が、精神的苦痛が倍増する。要するにパシリだ。

しかも、要求時の口調は相変わらず丁寧なのが気持ち悪い。いっそ命令口調の方が割り切れるのに、いざという時「司様、お願いします」と頼まれるので、余計に惨めな気分になる。それが彼の狙いなのだろうとわかっていて黙って従うのは、かなりのストレスが溜まるのだった。

そんな中、宇都宮をはじめマナのスタッフからメールが届いた。ドラマの影響で店は大繁盛だという知らせだ。結局、ワンセグ付き携帯で観ようと思っていた第三話は雅也に連れ回されているうちに見逃してしまったのだけれど、みんなのメールが届いた瞬間は、嬉しくて蓄積された日々の疲労が吹き飛んだ。

雅也はドラマの撮影現場から雑誌の取材にまで司を連れて回るので、一部のスタッフたちとはすでに顔見知りだ。

だが、知っているからといって決して好意的というわけではなく、現場での司ははっきりいって邪魔者扱いである。初めて訪れたテレビ局でジュースの自動販売機を探して迷子になったかと思えば、スタジオを間違えてスタッフに迷惑をかけたり、荷物を運ぶのにもたついて小道具を運ぶ最中のスタッフにぶつかって大目玉を食らったり。

特に大山からは毎日のように叱られている。尊敬する雅也に司の面倒を頼まれたと勝手に解釈したらしく、なぜか先輩面をして常に司の行動を見張っているのだ。司がヘマをすれば、大山も一緒に頭を下げる。大抵、司が雅也の関係者だとわかると迷惑そうな顔はされるが、そこまで酷いことは言われない。しかしそのぶん、後から大山に罵られる。

ストレスは溜まる一方だ。

緊張感のある現場なので、誰もがぴりぴりしているのは仕方ないとは思う。しかし、時には八つ当たりとしか思えない理不尽な叱責を受けることもあって、思わず怒鳴り返したくなる時もあった。

そのたびに、雅也が隠し持っている写真とそのデータのことを思い出し、「落ち着け、我慢しろ」と必死に自分に言い聞かせる。ここで司がブチギレて、雅也に迷惑がかかったら大変だ。怒った雅也が何をするかわからない。

たった一ヶ月の辛抱だ。何だかんだでもう一週間乗り越えた。あと三週間。

一方で、この一週間のうちに、雅也に抱かれたことも一度や二度ではなかった。

仕事終わりに食事をしたホテルで、司を送り届けたアパートで、さすがに立場を考えて車中で事に及ぶまでには至らなかったが、外から見えない位置ではいろいろとまさぐられた。雅也の乗っている車は以前司の父が乗っていたものと同じで、数千万はするものだ。偶然なのかそれともわざとか、考えたくもない。

――この傷、覚えていますか？

司を組み敷きながら、ふと雅也が自分の脇腹を見せてきたことがあった。司はその大きな傷痕にすぐに思い当たった。

――このせいで断った仕事も多いんですよ。

なぜか愛しいものを撫でるような手つきで、雅也は恍惚と左脇腹から背中にかけて走る消えない傷をなぞってみせる。憎むようでも、責めるわけでもなく。その仕草に、心の底からぞっとした。

あの時のことを思い出して、司は思わずぶるりと身震いした。その時だ。

「ねえねえ、キミ」

どこからか聞こえてきた声に、司ははっと現実に引き戻された。

今日も雅也に子どものお使いみたいに日課のジュース買いを命じられて、自動販売機を探してうろうろ彷徨《さまよ》っているところだった。トーク番組のゲストらしいが、ここは初めて訪れるテレビ局だ。

廊下に設置されたソファに座り、雑誌を捲《めく》っていた男性が司を見ていた。

「恩田のマネージャーだろ？」

男が訊いてくる。

雅也の知り合いだろうか。どこかで見た顔だ。誰だっけ、と考えながら司はとりあえず首を横に振った。

「……いいえ。マネージャーさんは別にいらっしゃって、俺はただの雑用係です。マネージャーさんなら恩田さんの楽屋にいらっしゃると思いますけど」

あまりにも雅也の後ろをついて回っているせいか、周囲には司のことを新人マネージャーだと思っている人もいる。

この人も勘違いをした一人だろうと考えた瞬間、閃くように彼の正体を思い出した。

「——あっ、殿村一馬！　……さん」

知っているはずだ。つい最近、この名前に悩まされたばかりなのだから。

思わず声を上げると、軽く目を瞠った殿村がおもしろそうににやりと笑った。

四十路の殿村は、世間一般の四十代と比べたら遥かに若々しい。実物は雑誌のグラビアで見るよりも野性味の強い印象を受けた。日に焼けた肌に髭を伸ばしているからかもしれない。彫の深い目元を意味深に細めてみせる様子に、強い男の色香を感じる。

司は思わず生唾を飲み込んだ。

何かが少しでもずれていたら、司はこの男と関係を持っていたのかもしれないのだ。

幸い、話は殿村に行く前に雅也と誠二の間でついたらしく、殿村には雅也の目の前で誠二からキャンセルを伝えたということだった。だから殿村は司のことも、雅也が裏で誠二と接触していたことも知らないはずだ。

たまたま、周囲から浮いている司が目についただけだろう。そうは思っても、やはり殿村と二人きりの空間は気まずい。ついそわそわと落ち着きなく目線が泳いでしまう。

そんな様子を実におもしろそうにじろじろと眺めながら、不意に殿村は嫌な感じの笑いを浮かべ、

「今日も雅也クンのお使いかな、司サマ」

「――――！」

司はぎょっとして固まった。

「自販機ならここを真っ直ぐ行ったところにあるから。ついでだから俺にも何か買ってきてよ、司サマ」

殿村がにやにやと笑う。

一瞬、頭の中が真っ白になった。まさか殿村に『司サマ』と呼ばれるとは思わなかった。雅也は人前では司のことを『南波くん』と呼ぶようにしているからだ。

こっそりと雅也がそう呼んでいるところを聞かれたのだろうか。

硬直している司を、殿村が相変わらず嫌なふうに笑って、わざと神経を逆撫でするような猫撫で声で言ってきた。

「おいおいそんな怖い顔しないでよ、司サマ」

無意識に眉間に皺を寄せて殿村を睨みつけている自分に気づく。

「――って、この間、陰で恩田がこそこそとキミのことをそう呼んでいるところに出くわしちゃったんだけど。何で恩田はキミのことをサマ付けで呼んでるんだ？」

訊ねておきながら司の返事は期待していないらしい。殿村は「実は俺、今回のドラマでアイツと共演するんだよ」と訊いてもないことを一方的に喋り続ける。

「前回の撮影から俺も合流したんだけど、もしかして気づいてなかった？」

まったく知らなかったが、司はショックでまだ首もまともに振れない状態だった。

「フン。やっぱり見た目は悪くないな。最初は俳優志望の後輩かと思ったけど、売り込むわけでもなさそうだし。むしろスカウトしようとしてた連中を恩田自ら追い払ってたくらいだからな」

「……？」

「孤高の王子様が急にこんなカワイイ子を連れ回してるから、絶対何かあると思ってたんだよ。あれか、何かのプレイか？　恩田も涼しい顔して楽しいことしてんなあ」

下卑た笑いとともにそんな屈辱的なことを言われた瞬間、司はカッと頭に血が上るのがはっきりわかった。

「何だ、その目は。かわいくないねえ」

気に入らないというふうに目を眇めてみせた殿村は、ふと何か思いついたかのように上着のポケットを探る。

そして、取り出したものを無造作に司に投げて寄越した。

「……っ」

賽銭箱《さいせんばこ》に投げ入れるように、下から軽く放られたのでたいした衝撃はなかったが、突然のことに驚く。受け止めきれなかった二枚の硬貨が床に落ちて硬い金属音を立てた。爪先の辺りで百円玉が一枚くるくると円を描いて回って、倒れた。

「その金で俺にはコーヒーを買ってきてくれよ、司サマ」

頭のどこかで何かがブチ切れる音がした。

「――アンタっ、ふざけんなよ！」

思わず飛び掛かろうとして、だがその寸前で背後から誰かに肩をぐっと掴まれた。前傾姿勢になっていた司を強引に引き戻し、

「俺が買ってきますよ、殿村さん」

いきなり現れた雅也がその場に屈んで床に転がっていた百円玉を拾い上げる。手にはどこか転がっていたのを、もう一枚持っていた。

「おはようございます。今日は殿村さんもここの局でお仕事ですか？」

唖然となる司の横から、雅也が何もなかったかのように訊ねる。

「コーヒーでいいですか？　ブラックですか、それとも砂糖が入っている方が？」

殿村がくっきりとした眉を面倒臭そうに寄せる。

予想外の人物の登場に一気に興がさめたのか、苦い顔をした彼は舌打ちをしてみせてから、「……ブラック」とつまらなそうに呟いた。

「わかりました」雅也がにっこりと完璧な微笑みを見せる。前方で再び低い舌打ちが鳴った。

百円玉を二枚、手の中で転がしながら踵を返そうとして、「あ、そうそう殿村さん」と不意に雅也が振り返った。

「あ？　何だよ」

「彼には俺の付き人としてここにいてもらっているんです。俺の許可なく勝手に用事を言いつけないでもらえますか。彼も混乱しますから」

「……チッ」

「お願いしますね。行くよ、司」

「……えっ、あ」

肩を軽く叩かれて、司はようやく我に返った。

すでに雅也は歩き出している。不機嫌そうに足を組み替える殿村を一度見やり、司は慌てて雅也の後を追いかけた。

自動販売機の前までやって来て、司はバツの悪い面持ちで重たい口を開いた。

「……さっきは、どうも、すみません……でした」

雅也が来てくれなかったら、我を忘れて殿村に掴みかかっていたに違いない。テレビ局でトラブルを起こしたら、それこそ大問題だ。

司に背を向けて、雅也は殿村から受け取った百円玉二枚を何事もなかったかのようにコイン投入口に詰め込み、ブラックコーヒーのボタンを押した。

ガラガラッと騒がしい音を立てて、缶が落ちてくる。

「こちらこそすみませんでした。司様にとばっちりがいったみたいで」

上半身を屈めて取り出し口から缶を取り、今度は自分のポケットマネーを入れる。少し迷う素振りを見せて、炭酸飲料のボタンを押す。人通りのない静かな廊下にまたガラガラッと音が鳴り響き、缶が落ちてきた。

缶を取り出す雅也の背中を眺めながら、司は訊き返す。

「とばっちり？」

「この業界は生存競争の激しい世界ですから。一年ごとに顔が入れ代わっていくのが当たり前です。どんどん若手俳優が出てきて、俺だって明日は我が身ですしね。保証はないし、誰もが生き残っていくために毎日必死ですよ」

「……厳しいな」

「本当に。まさに下克上の世界です」

背中越しに、雅也の微かに笑う気配がした。

華やかで誰もが憧れる世界の裏側は、どろどろとした人間臭い感情で溢れている。それは、この数日間、雅也に付き添った素人の司ですら感じたことだった。理想と現実。浮き沈みの激しい世界。埋まらないギャップをどうにか埋めてのし上ろうと、笑顔の裏で必死にあがいている。

つい昨日も、十代の女性アイドルがマネージャーに先輩アイドルの不満をぶちまけているのをたまたま通りすがりに聞いてしまった。先輩芸人の楽屋へ挨拶回りに奔走《ほんそう》する若手芸人たちの姿も見かけたし、何があったのか、落ち込んでいる年配のタレントをスタッフらしき中年男性が励ます現場にも出くわした。

最近では女子中高生に人気のある十代から二十歳前半の若手俳優ばかりを集めた学園ドラマも多く、そこから人気に火がつく者もいる。現に雅也がそのタイプだ。モデルから俳優に転身して二年が経った頃、オーディションに受かって出演した学園ドラマがきっかけで一気にブレイクしたのだ。

雑誌のインタビューやプロフィールを読んだくらいでは当時の苦労話まではよくわからないが、現在の地位に上がるまでのこの数年間、雅也にもいろいろあったのだろう。司がそうだったように。

「アイツ――…殿村サンも、昔はドラマに引っ張りだこの人気俳優だったもんな」

かつての視聴率男は、今はドラマや映画の脇役でしか見かけない。とミンホがバイトの休憩中に芸能雑誌を捲りながら言っていたのを思い出す。現在、視聴率ナンバーワン俳優と呼ばれるのは雅也だ。今回のドラマで二人は共演するらしいが、もちろん主役は雅也で、殿村は脇を固める一人だ。

――司様にとばっちりがいったみたいで。

雅也の言葉の意味が、何となく理解できた気がした。

「そういえば、奥様のお気に入り俳優でしたよね。……懐かしいな。ドラマの時間になると奥様がリビングにこもってしまわれて、少しでも騒ぐと怒られましたよね。ふてくされた司様が俺の部屋にやって来て、何を取り出すかと思えば奥様のお気に入りのお菓子で、無理やり一緒に食べさせられました。これでお前も共犯だとか脅されて」

珍しく思い出し笑いなんてものをしてみせながら、雅也はまだ自動販売機の前で手持ちのコインを弄んでいる。

「お前さ、そういう話を外でするのはやめろよ」

「？　急にどうしたんですか？」

殿村の話を持ち出すべきか躊躇った。

会話をいつどこで誰に聞かれているかもわからない。聞かれたら殿村のように二人の関係を不審に思うだろう。それは雅也にとっても不都合なはずだ。

「大体さ、いつまでも昔の呼び方で呼ぶなよ。もうあの頃とは違うんだからさ」

「おかしなことを言いますね。ご自分でそう呼べとおっしゃったんじゃないですか」

「いつの話だよ。それに今は状況が全然違う。今の俺たちの関係性で『様』とかおかしいだろ」

呼ばれるたびに惨めな気分になる。けれども、それこそが雅也の狙いなのだろうとわかっていたから、これまでは我慢していたのだ。

雅也が怪訝そうに目を眇めてみせた。

「じゃあ、どう呼べばいいんですか」

「……さっき呼んでただろ、あれでいい」

「さっき?」

わざとらしく小首を傾げてみせる雅也に対し、司は少し目線を逸らして、

「だから、『様』はいらない。呼ぶなら、何も付けるな」

別にたいしたことを言っているわけでもないのに、なぜか無性に気恥ずかしかった。

二人きりの時に『南波くん』と呼ばれても気持ちが悪いし、一般的に考えても年上の向こうが呼び捨てにするのは不自然ではない。それが一番妥当だろう。あとは慣れだ。

少し思案するような間があって、雅也がおもむろに口を開いた。

「では、あなたのことをそう呼ぶ代わりに、今度からは俺のことを『雅也様』って呼んでもらえますか」

「――なっ、お、お前……っ」

こいつ、調子に乗りやがって――！

司はあんぐりと口を開いて、唖然と目の前の男を見やる。

睨みつけた先で、雅也が目尻をくしゃりとさせて心の底からおかしそうに笑った。

「冗談ですよ。安心してください」

「……っ、ホンット、タチが悪い」

「すみません。そういう性格なもので」

雅也は口の端を皮肉げに引き上げて、悪気のない口調であっさりとそう言い切った。昔はよく見せていた、申し訳なさそうな表情は一切ない。これが彼の本性なのだ。

自動販売機にコインが詰め込まれる音がした。

「あなたは俺以外の人間に従う必要はない。何か理不尽なことを言われたらすぐに俺に言ってください。俺のものを守るのは、俺の役目ですから」

背中越しにも真面目な口調が伝わってきて、司は一瞬どうしていいのかわからず戸惑った。俺のものを守る――まるでドラマの中のセリフのようだ。

「……俺はモノ扱いかよ」

ぼそっと呟いた言葉に、雅也の笑う気配がした。

「あのさ、この際ついでだから、その丁寧な言葉遣いもやめろよ」

さりげなく頼んでみると、雅也はまだ何か買うつもりなのかボタンを押し、

「こっちは勘弁してください」

苦笑してみせながら、缶が落ちてくる音に合わせて取り出し口の蓋を開ける。

「小さい頃からのクセはそう簡単には直りませんよ。人前では不自然に思われない程度にちゃんと演じますので」

缶を取り出すと、そのまま「はい、どうぞ」となぜか司に差し出してきた。

鮮やかな色彩のイラストが描かれたオレンジジュース。

「何?」

目を眇めて訝しんだ司は、だが次の言葉に、びっくりして大きく見開いてしまった。

「お誕生日おめでとうございます」

自分の耳を疑う。「え?」と、思わず手元のビタミンカラーから視線を跳ね上げて、雅也を凝視した。

「……覚えてたのか」

頭の隅にもないと思っていたのに。

予想外の出来事に本気で驚いていると、雅也が司のその態度の方が意外だとでもいうように小さく肩を竦めてみせて、

「覚えてますよ。あなたが、俺がタマゴサンドが好きだってことを覚えていてくれたぐらいには」

「――――！　ちがっ、あれはそういうんじゃないぞ！　たまたま目について、うまそうだったからで、全然深い意味は……」

「ええ、わかってます。俺が自分の都合のいいように勝手に勘違いしているだけです。その方が気分的にも楽しいので」

ハシバミ色の瞳を細めて笑う。

「タマゴサンド、おいしかったですよ。カツサンドは食べられなかったですけど、そっちは取っておいてもらったんです」

「……あっそ」

司はひどくいたたまれない気分で、ジュースの缶を力任せに振った。炭酸だったら雅也に向けてぶちまけてやろうかと思ったが、あいにく果汁百パーセントだった。

偶然だ。たまたま目につくところにそれが置いてあったから、ついでに買っただけのこ

と。別に雅也に媚びるつもりで手に取ったわけじゃない。たまたま思い出しただけなのだ。何年も同じ屋根の下で一緒に暮らしていれば、相手の好みの一つや二つ覚えていたって不思議じゃない。——と、いくら心の中で言い訳をしたところで、たくさんある種類の中から迷うことなくたった一つの当たりを選んでしまったのは事実だった。

無意識の思考や行動を雅也には全部見透かされていたようで何とも決まりが悪い。何で余計なものまで買ってしまったのだろう。その上、取り乱す司を気遣った雅也にうまく流されてしまったことがますます恥ずかしい。まるで昔に戻ったかのようなやりとりだ。

照れ隠しと恥ずかしい苛立ちがごちゃ混ぜになって、乱暴にプルトップを引き上げた。

「つーかさ、売れっ子俳優のクセに随分と安いプレゼントだな」

「ストローがないので、こぼさないように気をつけてくださいね」

「俺は幼稚園児かよっ」

噛み付くように睨みつけるが、雅也は気にした様子もなく腕時計を確認していた。司は小さく舌打ちをして、雅也がつけている時計の一万分の一ほどの価値の誕生日プレゼントを半ばヤケクソに呷る。悔しいことに昔からオレンジジュースが一番好きだった。

「そろそろ時間ですから、俺は先に楽屋に戻ります。あなたはこれを殿村さんに渡してから戻ってきてください」

最初に買ったのですっかり汗をかいてしまった缶コーヒーと、硬貨数枚のおつりを渡される。やっぱりこれは自分の仕事なのかと思うと、げんなりした。

「喧嘩しないでくださいね。迷子にもならないように」

「いちいちうるさいな」

「付き人らしくない返事ですね」

「……うっ、……す……すみません……でした。……行ってきます」

「失礼にならないよう、気をつけて」

しれっと素っ気なく告げる雅也に、手渡された缶コーヒーを思いきりぶつけてやりたい衝動を何とか押さえ込む。

憂鬱な気分を深呼吸をして切り替えて、司は敵の待つ一角へと向かった。

◆◇◆

殿村と再び衝突したのは、それから数日後のことだった。

その日も、司は雅也の付き人としてドラマの撮影現場にいた。

運転免許を持たない司は普段の移動手段は公共交通機関だ。だから雅也を自宅に迎えに行ったところで意味がない。その代わりに、時間に余裕がある時はなぜか雅也が司のアパートまで迎えに来る。さすがにこれはおかしいとわかっていながら、口に出すと雅也の機嫌を損ねる危険性があるので、司はおとなしく従うことにしていた。相変わらず雅也が何を考えているのかわからない。

しばらくスタジオ撮影が続いていたが、今日は野外ロケだ。司も相変わらず大山をはじめとするスタッフたちに気を遣いながら、自分に与えられた雑用をこなすのに必死だ。

雅也が司に言いつけてくるのは、誰にでもできることで、だが現場の誰もが忙しいとわかっているから大抵は各自でやることである。雅也はその猫被りのおかげで、スタッフの間でも好感度の高い俳優だ。それまでは自身でこなしていた身の回りのあれこれを、突然現場に司を連れてきてまでして言いつける理由が見当たらず、最初は周囲も不審に思っていたようだった。

しかし、さすがに二週間も経てば慣れたのだろう。最近は顔を見かけるとこちらが頭を下げる前に「おはようございます」と声をかけてもらえるようになった。さらに大山が司を「失業したかわいそうなコ」と言いふらしたおかげで、その司に仕事を与えて救ってくれたことになっている雅也の株がますます上がったほどだ。

雅也が監督と何やら打ち合わせをしているので、司は急に手持ち無沙汰になっていた。

秋が深まり、頬を撫ぜる風が心地いい。

郊外の自然は都内よりもわかりやすく夏から秋へと変化しつつあった。つい最近まで艶めいた濃い緑で覆われていただろう木々は、綺麗に色付き始めている。空も夏色が薄まって高くなった。コスモス畑をトンボが数匹、透明な羽を震わせて飛び回っている。

ぼんやりと季節の移ろいを感じていた時だ。

「おい、南波」

ぞんざいに呼ばれて、司は現実に引き戻された。

背後に立っていたのは大山である。二つ年上の彼は、ますます先輩風を吹かせて司に接するようになっていた。一度彼が忙しそうにしているところに、親切心で手を貸してしまったのが失敗だったかもしれない。あれから彼は人手が足りなくなると、雅也の目がないことを確認したのち、容赦なく司に声をかけてくる。

「そんなとこでぼーっと突っ立ってんなら、そこのダン箱運んでくれよ。もやしっこでも一応男なんだからそれくらい運べるよな」

毎度のことながら、いちいち突っかかるような言い方をしてくる男だ。そして、司もまた、わかっていながら懲りもせずムカッとしてしまうのだった。

「運べますよ。どこに運べばいいんですか」

「あの建物の裏。上の二つ、赤いマーカーで線が引いてあるやつな。落とすなよ」

「落としませんよ、これくらい……うっ」

意外と重たくて、思わず情けない声が漏れる。自分の持ち場に戻ろうとした大山が咄嗟に立ち止まって振り返った。何か物言いたげな半眼でじっと見てくる。

「だ、大丈夫ですよ。早く、自分の仕事に行ってください」

「落とすなよ」

どこか呆れたような眼差しで、司に再度釘を差してから去っていった。彼が振り向かないことを確認してから、司は何が入っているのかやたらと重い箱を一つずつ運ぶことにする。ここに到着した時、大山がロケバスから箱を二つ重ねにして運んでいるのを見たことを思い出した。あまり体形は変わらないのに明らかな腕力の差が悔しい。

「――よいしょ、っと。ぅあ――腰が痛い……」

ようやく二箱とも運び終わり、司は腰を拳で叩きながら大きく頭上を仰いだ。

撮影用に貸し切っているペンションの裏は、ひとけがなくてしんと静まり返っている。みんな表で忙しく動き回っているからだ。

雅也も監督や演出家、共演者らと入念に打ち合わせをしていた。

昨夜は深夜一時頃に撮影を切り上げて、今朝は六時に都内を出発した。司は雅也にさっさと寝て明日に備えろと、終電に間に合うようスタジオから追い出されたが、他の人たちはろくに睡眠をとってないのではないだろうか。つくづくこの業界の人たちはタフだと思う。そうじゃなきゃ、やっていけないのだろう。

そんな中、雅也は今朝もわざわざアパートまで司を迎えに来てくれたのだった。

彼の自宅が一体どの辺りなのか、いまだに司は何も知らないが、自分より遅寝早起きをしたのは確かだ。

せめて司が運転できたら――そういえば、もう誠二に金を払う必要はなくなったのだから、教習所に通うくらいの金は作れるんじゃないか。もともとマナを辞める条件として、雅也からは十分すぎるほどのバイト代をもらっている。生活費の心配はない。

「……って、何を考えてるんだ俺は」

ふと浮かんだ自分の理解不能な思考回路に自分で途轍《とてつ》もなく恥ずかしくなって、慌てて首を振った。危ない。ただの気紛れにうっかりほだされかけた。よく考えなくても、どうして司が雅也のためにそこまでしなくてはいけないのだ。自分を脅して都合よく利用しているようなヤツのために。

「……あと二週間。我慢すればそれで縁が切れるんだから……」

「何が二週間？」

どこからともなく声が聞こえてきて、司は思わずびくりと肩を跳ね上げた。

「さっきから何を一人でブツブツ喋ってんだ？　突然首を振り回したりして、傍から見てるとアブナイ子だぞ」

背後からがさがさと雑草を踏み分けて歩いてくる気配に、咄嗟に振り返る。

「――殿村っ……さん」

ぎょっとした。

「よう、司サマ」と殿村がニヤッと笑って片手を上げてみせた。日に焼けた浅黒い肌に白すぎる歯が清潔感を通り越して妙に胡散臭い。

動揺する頭で、そういえば彼も演者の一人だったことを思い出す。今回のロケシーンにも出番があったのか。できることならもう二度と会いたくなかったのに。

ドラマのメインは雅也が演じる小説家の青年とヒロインのＯＬとの恋愛を追いかける王道のラブストーリーで、青年がヒロインに一目惚れするところから始まる。しかし彼女には想いを寄せている上司がいて、その上司は妻帯者で――という、月９なのか昼ドラなのかよくわからないベタな内容だ。切ない恋心を胸に秘める雅也目線の演技が女性視聴者の大きな反響を呼んで、今期放送ドラマの平均視聴率トップに毎週君臨している。

ヒロインの上司役は脇役としては欠かせない個性派二枚目俳優が演じており、こちらもまた女性人気が高い。

問題の殿村はというと、雅也が仕事をしている出版社の編集者がうちでも是非書いてほしいと熱烈なオファーをかけている売れっ子作家で、この先の展開では、駆け出しの新人作家である雅也にしばしば絡んでくる役どころである。

この人は役でもプライベートでもそんなに変わらないなと、司は思ったものだ。

「……あの、殿村さん。その呼び方はやめてもらえませんか。俺、南波っていうんで」

「何で？　司サマでいいだろ。俺もプレイに参加してるみたいで楽しいんだけど」

「だからそういうんじゃないって言ってるじゃないですか」

相変わらず話が噛み合わずげんなりする。

「そういうんじゃない、ね。フン、よく言うよ」

いきなり距離を詰めてきた殿村に胸倉を掴まれた。

「なっ、ちょ、何する……っ！」

ぎょっとして、司は反射的に身をよじって逃げようとするが、その前に殿村にもう片方の手で顎を捉えられる。上着代わりに羽織っていた長袖の襟元を乱暴に払って、Ｔシャツの襟ぐりを大きく引っ張ると、

「……こんなとこにわかりやすく痕つけちゃって、どんな言い訳する気だ？」

鎖骨の窪みを指先でトン、と突つかれた。そしてまるで煙草の火を捻り消すように、ぐりぐりと指先を押し付けられる。

「ギリギリ隠れてるけど、屈むと丸見えだぞ。司サマ？」

「――――！」

咄嗟に両手を突っ張って殿村を押し返していた。

「おっと」と簡単に殿村が離れる。濃い造作の顔がにやにやと粘っこく笑っていた。

青褪めた司は急いでシャツの襟元を掻き合わせたが、今更そんなことをしても無駄だとわかっている。

――見られた……！

一瞬頭の中が真っ白になって、目の前が暗くなった。

貧血を起こしそうになりながら、数日前に雅也に吸われた痕がいまだ消えずに残っていたのだと気づく。もともと肌の色が白い司は、痣などがつくとなかなか消えにくい。それを知っててか、見える場所には痕をつけないように雅也自身が気をつけていたはずなのに。

服と肌の境目ギリギリの位置は、普通にしているとわからないが、殿村が目敏く見つけたように、屈むと露わになってしまうのは容易に想像できた。油断した。

司は掻き合わせた胸元をぐっと握り締める。

先日の一件があってから、何か勘付いているような殿村の前では特に気をつけなければいけなかったのに。自分で自分の首を絞めてどうするのだ。

「どうした？　急に黙り込んだりして」

殿村がジーンズのポケットに親指を突っ込んで、女性の顔でも品定めするかのように司を覗き込んできた。身長だけなら百八十五センチある雅也に引けを取らない。今でも鍛えているのか、厚みのある筋肉質な体形のせいか、むしろ雅也よりも大きく見える。

相変わらず感じの悪い笑みを浮かべながら、殿村は司の頬をからかうように撫でてきた。

「顔色が悪いぞ」

「……っ」

嫌悪感から思わず手を振り払う。

殿村が軽く目を瞠って、次に不愉快げに舌打ちをした。「かわいくねェなあ」と吐き捨てるように漏らし、しかし思い直したように司を見下ろすと、

「いや、そんなこともないか。全身の毛を逆立てて怒る猫みたいだなあ。そんな目で睨まれると逆に興奮するだろ」

初めて恩田に親近感が湧いたぞ。と顎髭をしごきながらにたりと笑う。

ぞっと背筋に悪寒が駆け上がった。気分の悪さを堪えるために腿の横で拳を握る。

「……一緒にすんじゃねえよ」

「あ？」

殿村は一瞬、僅かに目を細めた。しかしよく聞こえなかったのか、特に司の言葉を気にした素振りもなく「そういえば知ってるか？」と唐突に話題を変えてみせた。

「恩田の背中に人に見せられない傷があることは、お前なら知ってるだろ」

ぎくりと反応してしまった瞬間、しまったと思った。カマをかけられたのだと気づく。

殿村が「やっぱりあるのか」と実に楽しそうに口の端を引き上げたからだ。

「恩田はセミヌードもNGらしいからな。役者のクセに何ワガママ言ってんだかって思ってたら、そんな噂があるとかないとか――……それじゃこれは知ってるか？　実はその傷って、過激なプレイのしすぎでついたらしいぞ。司サマもアイツのヤバイ性癖のせいで変な遊びに付き合わされてんじゃないの？」

「違う！　あの傷はそういうんじゃない！」

「へえ、じゃあ司サマはどういう傷か知ってンだ」

おもしろがる殿村にいいように煽られそうになって、司は寸前で言葉を呑み込んだ。

釣れずに押し黙った司を、殿村が鼻白む。

「どっちにしろ、背中の傷って何か意味深だよな。週刊誌のいいネタにされるぞ。そうなったら司サマのとこにも取材陣が押し寄せてくるかもよ？　まともに外歩けなくなるぞ」

「……想像だけで何勝手なこと言ってんだよ」

「想像？　ハッ、でもお前があいつに抱かれてるのは事実だろ」

不意打ちで、再び鎖骨の辺りを人差し指で突かれた。

「こういうネタ、おもしろがって飛びついてくる記者はたくさんいるんだぞ。せっかく上り調子なのにスキャンダル一つであっという間に転落――…そういう世界だよ、ここは」

声を低めて、囁くように言う。

「なあ、恩田のためを思うなら、俺の相手もしろよ」

妙に色気を含ませた甘ったるい声に、司は本能的に思わず後退った。

「――な、何ワケわかんないこと……」

「恩田のスキャンダルを狙ってるヤツは大勢いるぞ。顔だけの王子様は替えがいくらでもきくからなあ。若手はみんなアイツに消えてくれって願ってるだろうな」

殿村が皮肉げに厚い唇を歪める。

「おとなしくモデルやってればよかったんだよ。たいした実力もないくせに」

「……っ、おい」

「カメラの前でただニコニコ笑ってるだけで金がもらえるんだからいいよなあ」

「おい、黙って聞いてれば──！」

思わず固く握り締めた拳を振りかざしていた。

あれでアイツは根っからの努力家なんだ。でも人前ではその姿を絶対に見せない。昔からそうだった。本当はプライドが高い。司が眠るのを見届けた後、一人でこそこそ起き出して、台本を読み耽っている姿を知っている。その反面、人好きのする笑顔を絶やさず、周囲に迷惑をかけないよう、現場の雰囲気が悪くならないよう、人一倍気を遣っている。

性格には多分に問題があるし、認めるのは悔しいが、そういうところは本心からすごいと思っているのだ。何も知らないお前がわかったような言葉を並べて否定するな。

「勝手なこと言ってんじゃねえよ！」

怒りを込めて振るった拳は、だが殿村にあっさりとかわされてしまった。

「おっと、アブねェなあ」

闘牛士のようにひらりと身体を避けてみせた殿村の脇を、勢い余って司は飛び込むようにすり抜けた。顔面から地面に突っ込む。すんでのところで腕でかばって、どうにか顔面着地を避けた。地面に膝をついて、荒い息を吐き出しながら殿村を睨み上げる。

殿村は呆れたように笑っていた。

「おいおい大丈夫か？　司サマ、ケンカなんかしたことないだろ。そんなへろへろパンチじゃ当たらねえよ」

図星を指されて、カッと頭に血が上る。昔から沸点は低いが、殿村の言った通り、殴り合いのケンカをしたことはこれまでの人生で一度もなかった。歯向かってくるヤツには相手の家庭環境を持ち出して盛大に罵って黙らせる。大抵相手は顔を真っ赤にして悔しそうに退いていくしかない。それを指差して仲間たちとせせら哂うのが思春期の司だった。

こんなにわけもわからないままただ衝動的にぶつかっていったのは初めてだ。

司はすぐさま立ち上がった。懲りもせず、再び真っ向から突っ込んでいく。

「うるせえっ――」

「だァから、当たらないって言ってるだろうが」

乾いた音を立てて、手のひらで拳を簡単に受け止められた。次の瞬間、ぐっと身体を引き寄せられて向きを入れ替えられ、そのまま背中から壁に叩きつけられる。

一瞬、呼吸が止まる。咳き込む間もなく、顔の両側に力任せに手首を縫い留められた。

体格のいい殿村に覆い被さられて、逃げ場がない。

馴染みのないスパイシーな香りが鼻についた。煙草の匂いも混じっている。男の体臭に酔いそうになる司の耳元に、殿村が唇を寄せて囁く。

「気の強いところがますます好みだ。なあ、アイツにはいくらで雇われてるんだ？　その倍やるから俺のところに来いよ」

首筋を舐められて、ぞわっと身の毛がよだった。

「——誰がっ」

「何をしてるんですか！」

壁の陰から何かを探すようにして現れた人影が、こちらを見て叫んだのはその時だった。

「チッ、王子様のご登場かよ。ホント、ムカツクほど間の悪いヤツだな」

「殿村さん！　どうされたんですか！」

「……マネージャーまで連れてきたのかよ。厭味なヤツだよまったく」

殿村が舌打ち混じりに言いながら、お手上げだとばかりに司から身体を離す。

その隙間から司は身をよじるようにして急いで抜け出し、足がもつれて躓《つまず》いたところを駆け寄った雅也に抱きとめられた。

「殿村さん、こんな人目につかないところで何をしていたんですか？　俺、言いましたよね。勝手に彼に近づかないでくださいって」

「そんな怖い顔するなよ。たまたまここで一服してたら司クンがやって来たんだよ。ちょっとお話ししてただけだろうが」

なあ、司クン。と水を向けられて、司は思わず全身を強張らせる。

「怪我をしてるじゃないですか。ただ話していただけで何でこんなことになるんですか」

雅也が目敏く司の腕のすり傷を見つけて、殿村に鋭く問いかけた。おそらく殴ろうとして、倒れ込んだ時にすり剥いたのだろう。捲り上げたシャツの袖の下で、肌が破けて少し血が滲んでいた。土も付着していて、鮮やかな赤と湿った焦げ茶が混ざっている。

理由を話せば、またややこしいことになる。そして何より、真実からかけ離れたくだらない噂話など、雅也本人に聞かせる必要はないと思った。何が本当かは司が知っている。

「……俺が、勝手に転んだだけです。殿村さんは俺をからかっていただけで……」

「ほら、司クンもそう言ってるだろ。あんまり眉間に皺寄せてんじゃねェよ。王子顔が台無しだ。まあ共演者なんだから仲良くやろうぜ」

黙っていた雅也が、深く息を吸い込むのがわかった。

「すみません、少し取り乱しました。南波くん、他に怪我は？」

「あ、いや、ない……です」

「そう。それじゃあ戻りましょうか。殿村さん、監督が捜してましたよ」

「フン、ああそう。それでわざわざ呼びに来てくれたのか」

含みのある殿村の言葉に、雅也が声もなく微笑んだ。いつものカメラの前で見せる柔和で、隙のないそれだ。殿村が急に白けたように鼻を鳴らして一足先に去っていく。おろおろと司の腕を見やった殿村のマネージャーが、ふくよかな丸い顔を青褪めさせて「ど、どうも申し訳ありませんでした！」と二人に頭を下げてから、後を追いかけていった。

急に静かになって、気まずい沈黙が降り落ちる。

「本当は何があったんですか」

雅也がちらと一瞥《いちべつ》して、

「その手首の痕は？　まさか転んでそんな痕ができたなんて言いませんよね」

司は咄嗟に右手首を左手で覆った。しかし、左手首にも同じ痕がついていて、バツの悪さが倍になる。

殿村に掴まれた痕だ。力任せに掴まれたせいで、指の痕がくっきりと残っている。

司は顔を赤らめて、捲り上げたシャツの袖を急いで引き下ろした。

「何があったんですか」

雅也から再度問われた。

明らかに温度が氷点下まで下がった声音に、司は渋々口を割る。

「……少し、言い合いになった。それで手が出そうになって、でも、すぐに止められた」

「止められたって、司から先に手を出したんですか」

「……つい、カッとなって。もう一回殴りかかろうとしたんだけど、そしたらまた止められて、そのまま壁に押さえ付けられて……」

雅也が怪訝そうに眉を寄せる。

「何をそんなに言われたんですか」

「バカにされたっていうか、何か、その箱を運んでて、結構重くてよろよろしてたら、こんなものも満足に運べないのかって笑われて、さ」

本当はこのやりとりは殿村ではなく大山との間で起こったことだった。

「……すみませんでした」

素直に頭を下げて謝るしかない。そこまでの過程はどうあれ、事実、先に手を出したのはこっちだ。商売道具の俳優の顔を狙って拳を振るったことは否定できなかった。

雅也が無言のまま、どこか疲れたようにため息をついた。

「すぐに頭に血が上るクセ、そろそろ直してくださいね。我慢することを覚えてください。もう子どもじゃない、いい年なんですから」

「……はい」

「俺たちも早く戻りましょう。向こうもおおごとにするつもりはないでしょうから、いつも通りにしていてください。それと、今日はそのシャツは脱がないように。腕も捲り上げずに多少暑くても頑張ってください。――できますよね？」

「……はい」

消え入るような声で返事をする珍しく従順な司に、雅也が軽く目を瞠る。

一拍置いて、「さあ、行きましょう」と雅也に促されて、司はとぼとぼと歩き出した。


しかし、野外ロケが無事終了して都内に戻ってきた二人は、深夜遅くにも関わらず社長から事務所に呼び出されたのだった。

殿村との一件を彼のマネージャーから聞きつけた雅也のマネージャーが、事態を重く見て社長に報告したのだ。もともと彼は、雅也がどこからか勝手に連れてきた素人の司のことをよく思っていなかったようなので、二人を引き離すいい機会だと考えたらしい。

以前にも某テレビ局で殿村に突っかかっていた現場を、どこからか聞きつけた彼から司は注意を受けたばかりだ。さすがに日を置かず二度目となると危険因子扱いだった。

しかも殿村の性癖はこの世界では一部有名な話で、司が次のターゲットになっているのではないかという噂がまことしやかに流れているというから驚いた。

誤魔化しようのないトラブルが起こってからでは遅い。というのが社長とマネージャーの一致した考えだった。

そして、事務所の稼ぎ頭である雅也には「大事な時期なんだ。今後一切この素人を連れ回すな、プロ意識を持て」と厳重注意が言い渡されたのだった。


事務所の社長に言われてしまったらどうすることもできない。

さすがの雅也も自分勝手な言動を反省したのか、自社ビルを出てからも無言だった。

もちろん司も反省している。そもそも司が殿村の安い挑発に乗って軽はずみな言動を取らなければ、こんなふうに社長から直々に注意を受けることもなかったのだ。

無言を保っているのは、怒りのせいだろうか。話しかけてみたいが、二人の周囲をくるむ雰囲気がそうさせてはくれない。心の中では呼び止めたいのをぐっと堪えて口を噤み、一歩後ろから雅也の広い背中を追いかける。

駐車場に停めてあったセダンに二人で乗り込み、雅也がアクセルを踏んだ。

深夜のオフィス街は真っ暗で、昼間とはまるで別世界だ。

窓の外を流れていく墨色に沈んだ風景を眺めながら、司は頭の中で考えていた。

これからどうなるのだろう。

雅也との約束の一ヶ月まで、まだあと二週間弱ある。

余計なことをしてくれたと、まさかいきなりブチギレて例のデータをばらまかれることはないだろうな――と、司は恐る恐る横目に運転席を見やった。

雅也は特に変わった様子もなく安全運転を心がけて前方を向いていた。無言でステアリングを握っている横顔は、一体何を考えているのだろうか。

こんな結果は彼にも予想外だっただろうから、今一度契約内容を考え直しているのかもしれない。いっそこの時点でメモリーカードを渡してはくれないだろうか。

もうそろそろ倒錯遊びにも飽きる頃だろう。きっちり一ヶ月続けなくても、理由をつけて切り上げるいい機会ではないか。わざわざ面倒事を抱える必要はない。

司はとにかくあのデータが戻ってくれさえすればそれでいい。

自分勝手にもほどがあると言われても仕方ないが保身が第一だし、一方で雅也にとってもそうするのが一番いいように思えた。殿村がまた絡んでくる可能性は十分にある。

このままアパートまで司を送り届けたら、雅也から「今日で終わりにしましょう」と言われるかもしれない。まさか淫らな写真の詰まったそれを持ち歩くような危険行為はしてないと信じたいので、後日引き渡す約束をして、ここで一旦終了。それが一番望ましい。

そう思った瞬間、なぜか胸の辺りに刺すような疼きが走った。

車内は無言のまま数十分走って、やがて見慣れたアパート前に到着する。

「……ありがとうございました。お疲れさまでした」

司はいつもの決まり文句を棒読みに口にして、シートベルトを外した。

改めて考えると、雅也に送らせて先に帰宅するなんて、付き人のくせに何様なのかと思う。それを当たり前のように続けていた雅也は、やっぱりどこか変わっている。

「……あれ？　お前も出るのかよ」

ドアを閉めようとしたら、ちょうど雅也も反対側から降りたところだった。

さも意外そうな口ぶりになってしまったが、彼から何かしら話があるだろうと司も踏んでいた。外での立ち話は誰の耳があるかわからない。とりあえず部屋に招いてコーヒーくらい出すべきか。これで最後なのだし——そう思った途端、なぜだかまた少し胸が疼く。

ところが、車体を迂回《うかい》して隣に並んだ雅也がいざ切り出した話の内容は、司の予想の斜め上をいくものだった。

「荷造りを手伝います」

「は？」

「これからの残り半月は、俺の家で過ごしてもらいます。外で働かない代わりに、うちの中で働いてください」

「——え……はあ？　ちょ、ちょっと待てよ。何勝手なこと……」

「一ヶ月間、俺の言いなりになる——という約束だったはずですが。まだあと十二日も残ってますよ。いいんですか？　もし途中放棄すると言うなら……」

「しねえよ！」

咄嗟に叫んでしまい、すぐさま眉をひそめた雅也に口元を手のひらで覆われた。

「静かにしてください。もう遅いんですから近所迷惑です」月明かりの下、唇の前に人差し指を立てる仕草が妙に艶めいて見えて、不覚にも男相手にどきりとする。

押し黙り、思わずごくりと喉を鳴らした司からゆっくりと手のひらを離して、雅也が匂い立つような色香の滴る笑みを浮かべた。

「さあ、早く荷物をまとめてうちに帰りましょう」


拒否権はもはや存在せず、最低限の荷物とともに司が連れていかれた場所は雅也の現在の住居だった。

「……ウソだろ。何で、お前がここに……」

てっきり高級マンションの最上階に住んでいるのだとばかり思っていたのに。

閑静な住宅街の中、見覚えがありすぎるその邸宅を前にして、司は信じられない気持ちでいっぱいになる。夢を見ているのではないかと一瞬自分の目と脳を疑った。

そこは、司がほんの五年前まで両親と一緒に暮らしていた屋敷だったからだ。

「懐かしいですか？」と隣に立つ雅也が訊いてきた。

「現在の持ち主は今、海外を拠点に活動されているため、ほとんど日本にいない状態なんですよ。なので、本人と交渉して数ヶ月前から俺が借りているんです」

「数ヶ月前？」

司と再会する前からここに住んでいたのか。

「お前一人でここに住んでるのか？」

「ええ。おかげで広すぎて手入れが行き届いていませんが」

「何でまた」

「何でと訊かれても……俺にとっても思い出深い場所ですからね。完全に他人の手に渡ってしまうのは惜しい気がして」

「……思い出？」と司は怪訝に思いながら口の中だけで呟いた。

雅也の考えていることがまったく理解できない。

確かにこの屋敷には八年前まで雅也も一緒に住んでいた。だが、彼にとってのいい思い出なんてここにはないはずだ。屈辱的な記憶はあっても。

司がそうするならともかく、雅也がこの屋敷にそこまで執着する気持ちがわからなかった。意味がわからなすぎて、少し気味が悪いとすら思う。

「さあ、入ってください」

不審に思いながらも促されて足を踏み入れたそこは、さすがに記憶の中のものとは大分内装が変わっていた。

だが、見上げる天井の高さや、玄関ホールの正面に位置する広々とした階段、重そうなシャンデリア、長い廊下に並ぶ深みのある濃茶のドアなど、司が住んでいた頃と基礎はほとんど変わらず残っていて、それがひどく懐かしい。不意に涙腺が弛みそうになった。

「疲れたでしょう。お風呂に入ってゆっくり休んでください。今、お湯を張りますから」

「いや、いいよ。大丈夫、シャワーだけで十分だから。じゃあお先に」

本来ならより疲れているはずの主人を差し置いて一番風呂は断るべきところだが、雅也の厚意に甘えて司は駆け足で浴室に向かった。少し、泣きそうになっていたので、逃げ込む場所としては都合がよかったのだ。

見渡した広い浴室は、家主が変わってからもあまり手を加えられてないようだった。全裸で乾いたタイルの上に立つと、ふっと数年前に時間が巻き戻っていくような気がする。

またこの家に戻ってくる日がこようとは、思ってもみなかった。

でも、もうここに両親はいない。一番懐いていた老執事もいないし、たくさんの使用人たちもいない。場所は同じでも、内側に漂う気配は当時とはまったくの別物だ。

一歩、玄関ホールに踏み込んだ時にそれを強く感じた。他人の家の匂いがしたのだ。同じだけど、全然違う。そんな場所に、これから二週間弱の短期間とはいえ、雅也と二人きりで過ごすことになるなんて――。

「おかしいな……何でこんなことになってるんだ……」

清潔なタオルが昔と変わらない位置に大きさの順に数枚ずつ備えてあった。ハウスキーパーを雇っているわけでもないらしいので、これらは全部雅也が補充しているのだろう。忙しいくせに、ここまで家の中にも気を配れる余裕があることに驚く。昔から几帳面な性格ではあったが、あいつはちゃんと寝ているのだろうか。

バスローブが置いてあったが、司は自分の荷物からパジャマを取り出して着替えて、バスルームを出た。その後、記憶を探りながら洗濯機を求めて徘徊する。

「あった！」

さすがに洗濯機は当時の旧型のものではなく、最新型のそれに変わっていた。おかしな偶然で、マナで使っていたものとまったく同じ型だ。おかげで使用方法はよく知っている。

造り付けの棚にここでもまた、洗剤が用途ごとにきちんと並べてあった。

「あいつの彼女になる人って大変だろうな」

少しでも乱したら怒られそうだ。

ふと、雅也が高校時代に連れていた女子のことを思い出した。もう顔は覚えてないが、小学生の司の目には、けばけばしい女に映った記憶がある。遠目に見ながら、趣味が悪いと雅也を心の中で罵倒したものだ。それだけではあきたらず、後からわざわざ彼のところに出向いて直接罵ったこともあった。

今でも顔つきや身なりが派手な女が好みなのだろうか。芸能界にいればいろんなタイプの女性と知り合いになる機会が山ほどあるに違いない。雅也ならきっと引く手数多《あまた》だ。

「……まさか、アイツも殿村みたいに男が好きってことはないよな……」

「洗濯ですか？　使い方がわからないなら俺がやるので見ていてください。変なところを構って壊さないでくださいね」

突然背後から声が聞こえて、司は文字通り飛び上がった。洗剤が手から滑り落ちそうになり、慌てて両手で掴む。

「――あっ、危な……びっくりさせんなよ……」

「何でそんなに驚くんです？　何か悪いことでもしてたんですか」

壁にもたれながら、バスローブ姿の雅也が腕を組んでこちらを不審げに見ていた。何でそんな恰好をしているのかと一瞬ぎょっとしたが、湿った髪を見てそういえばこの屋敷には他にも浴室があったことを思い出す。そんなものを羽織ればほとんどの日本人が滑稽《こっけい》にしか見えない恰好も、この男は厭味なくらいさまになっていた。

「そ、そんなんじゃねえよ！　それに洗濯ぐらい俺にだってできる。洗う物があるなら出せよ。一緒に洗うから」

手を差し出すと、雅也が意外そうに瞬いた。

「洗濯できるんですか」

「当たり前だろ。バカにすんな。お前、散々俺んちに来てて何を見てたんだよ。古いヤツだけどちゃんと洗濯機あっただろ。一人暮らし歴だって長いんだ」

「そういえば——そうでしたね。ああそうか……もう、昔のあなたとは違うんですよね」

何を今更というように、そんなことを呟く雅也を司は少し勝ち誇った気分で見やり、

「そうだよ、昔とはもう違うんだよ。当たり前だろ。お前だってそうだろ」

「……どうかな」

しかし、雅也は困ったように小さく笑って、

「俺は全然変わってない気がする」

司のすぐ後ろに立つと、手を回して抱き締めてきた。

いきなりのことだったので、心の準備ができないまま全身がびっくりして硬直してしま

う。息を呑んだ瞬間、喉元で奇妙な音が鳴った。すぐ横に雅也の顔がある気がする。耳元で熱っぽい息遣いが聞こえて、司を抱き締める腕の力がますます強まった。

過去に立ったまま抱かれた経験もないわけではないので、司は焦った。

「ちょ、ちょっと待って……っ、今日は朝早かったし、明日も早いんだろ。今何時だと思ってんだよ、早く寝ないと……」

「わかってますよ。ただこうしているだけです、心配しなくても何もしません。あなただって今日一日大変だったでしょうから、早く寝ましょう」

そう言いながらも、パジャマ越しに胸元をまさぐってくる。首筋を軽く吸われて、思わずびくりと肩を竦めた。

「今日からあなたもここで暮らすんですから、いつでもできますもんね。人前に出ることがなくなるなら、それはそれで都合がいい。今日から一緒に寝ましょうね」

「な、何で俺がお前と一緒に……っ」

「嫌とは言わせませんよ。あなたも言うつもりはないでしょう？」

耳元で不敵な笑いが聞こえた。

もちろん司に拒否権はない。そんなことはわかっている。

理解できないのは、こんなふうに雅也に触れられて、嫌がる素振りを見せながら、その

実心の中ではホッとしている自分自身だ。何でこんな気持ちになるのだろう。もう飽きたと、お前は用済みだと、雅也に突き放されずに済んだことに、司は間違いなく安堵している。当初の目的を見失いかけている自分が我ながら理解できなかった。

その後、雅也に半ば強引に連れ込まれた部屋で自己主張の激しいキングサイズのベッドに生々しく出迎えられた。

雅也に手を引かれてベッドに横たわる。

「いい匂いがしますね。司の匂いがする。懐かしくて、癒やされます」

「……石鹸の匂いだろ。変なこと言ってないで早く寝ろよ。起きれねえぞ」

「自慢じゃないですが、遅刻をしたことは一度もないんですよ。あなたはよく二度寝をして、車の中で朝食を摂りながら登校していましたけどね」

「う、うるさいな！　もう昔のことは忘れろよ！」

「ははっ、忘れませんよ。それにしても子ども体温ですね。……あったかい」

宣言どおり、彼は何もしてこなかった。ただ背中から抱き込むようにして司を腕の中に引き留めている。これでは抱き枕だ。何もされずにただ抱き締められているだけなのは初めての経験で、それはそれでかえってどうしていいのかわからなくなる。理由のわからない緊張に心臓が騒ぎ立てて、背後から回された雅也の腕を伝ってこの音が聞こえはしないだろうかと心配になるくらいだった。だけど狼狽していたのは司だけだったらしい。疲れているのだろう、すぐに首の後ろから気持ちよさそうな寝息が聞こえ出した。

「……早……もう寝たのか」

雅也が司より先に眠るのは珍しい。

自分を抱き締めている腕の主が早々と寝入ったと知ると、過剰な緊張に全身を強張らせていた司も気が弛んで、急速に睡魔に襲われた。

規則正しい寝息を聞きながら、久々に穏やかな眠りについたような気がする。

◆◇◆

かつての南波邸で司が使用人の真似事をしながら過ごし始めて数日が経った。

雅也は相変わらず毎日忙しい。

ドラマの撮影の合間にも、雑誌のインタビューに応えたり、グラビア撮影だったり、この先の予定ではCM撮影も入っているらしい。よく身体がもつものだと感心する。

雅也は毎日朝早くに出かけていって、深夜遅くに帰宅する。

その間に司は家の中のことを一通りやるように言われているが、雅也一人の洗濯物なんてたかが知れているし、食事もほとんどを現場で済ませるので、はっきりいって暇だ。暇すぎて、今日は午後からずっと広い庭園の草毟りをしていたくらいである。家から出るなと言われているので、人に会うこともない。雅也しか話し相手がいない状況だ。

今日は早めに帰れそうだと電話がかかってきたものの、やっぱり食事は現場でとるようで、今夜も司は一人ぶんの夕飯を用意して一人で食べた。

残りの数日間、ずっとこんな日が続くのだろうか。

自分がここにいる意味が見出せず、何となく過ぎていく毎日に不安を覚える。

雅也に下僕のように連れ回されるのはあれほど屈辱的だったのに、自分で招いた結果とはいえ使い走りにもしてもらえない今の状況の方がよりつらいと思えた。

「あー……暇。あいつ、いつ帰ってくんだよ」

時刻はもう九時半を回っている。すでに風呂にも入って寝巻き姿の司は、主人の目のないリビングの贅沢なソファに大胆に寝そべり、ため息をついた。

付き人として雅也の後を金魚の糞のように付いて回っていた頃と比べて、顔を合わせる時間は驚くほど減少していた。肌を合わせた時間はここ数日で一度もない。せいぜい抱き枕止まりだ。

執拗に抱かれることもあったぶん、忙しくて疲れているとはいえ、あんまりにも触れられないと今度は自分の存在意義を疑問に思う。

何のために自分はここに連れてこられたのだろう。

今までも単なる性欲の捌け口のためだけに都合よく使われていたとは考えたくなかった。しかし、この家に移ってからは簡単な家事は言いつけられるものの特に大変だと感じたことはなく、むしろ司の生活自体は以前よりも随分と向上している。

これでは雅也の復讐にも何にもならない。司が意外といい思いをしているだけだ。

「……あいつの考えてることって、今も昔もまったくわかんねえな」

一体、俺をどうしたいんだろう。

退屈すぎて、おかしなことばかり考えてしまう。

ごろんと寝返りを打って、天井を仰いだ。おんぼろアパートのようにあちこち染みの浮いていない、眩いほどに白い天井。リビングだけでも相当な面積があるのに、こんなだだっ広い家にぽつんと一人でいることが、急に心細く感じられた。

司がかつて住んでいた頃は、この邸宅には大勢の人がいた。だから広いだなんて思ったこともなかった。雅也はたった一人でこの家に住んでいてさみしくなかったのだろうか。

「俺なら、ちょっと無理かも」

一人暮らしをするにはここはあまりに広くて、さみしすぎる。いくら思い出が詰まっている場所でも。詰まっているからこそ、一人でいたくはない。

ここに来た翌日、司は掃除をするフリをして家捜しをしてやろうと思ったことがある。そもそも司が雅也の言葉におとなしく従っているのはメモリーデータを取り戻したいからであって、彼が仕事に出かけている間に見つけてしまえばすぐにでも出ていって縁を切れると考えたからだ。

だけど、少し雅也の部屋を探してすぐにやめた。司が見つけ出せるような場所に隠してあるとは思えなかったし、もし仮に見つけてしまった場合、自分はここから本当に出ていくつもりなのだろうかと自問して、何となく手が止まってしまった。

その代わりに、雅也が使用する部屋を重点的に掃除した。浴槽も念入りに磨いて、ベッドメイクも完璧に施す。慣れないながらも勝手に身体が動いた。

鬼のようなスケジュールをそつなくこなしながらも、一方で家の中のことまでも完璧にやり遂げていた雅也が何だかひどく機械じみていて、このままだとただでさえ薄そうな人間味がますます薄れていきそうな気がしたのだ。

せめて家の中での負担は司が肩代わりしよう。過去のあれこれの罪滅ぼしも兼ねて。

どうせあと数日の付き合いだ。

相変わらず素っ気ない態度を取られて、見下された扱いを受けることがほとんどだが、たまに不意に過去に引き戻されるような、穏やかでやさしい眼差しを向けられている時がある。そういう時、なぜだか無性に彼に触れて抱き締めたくなった。

実際にはそんなことはできないけれど、昔から何をするにも完璧で隙のない雅也を危なっかしいと思ったのは初めてだった。

タマゴサンド一つに対して随分と嬉しそうにお礼を言われた時のことを思い出す。

途端に胸が締め付けられるような気分になった。何でだろう、放っておけない。

「――…なんて言ったら、きっとすげえ嫌な顔するんだろうな。プライド高いヤツだし」

端整な顔が盛大に歪んだところを想像して、一人で笑ってしまう。ソファの端に立てかけてあったクッションの一つを引き寄せて胸に抱き締めた。

適当に手に取ったそれが雅也専用のものだと気づくと、思考がまた元に引き戻される。

今のこの生活が日常になることはない。

雅也との契約は一ヶ月。あと十日も経たないうちに司はここを出ていくことになるだろう。そうすれば、雅也はまたこの家に一人だ。

さみしくないのか、とはたぶん本人を前にして司の口からは訊けないと思った。もしかしたらたまたま今いないだけで、司との主従ゴッコが終わったら、恋人でも作ってこの広い家に連れ込むのかもしれない。いくら何でもずっと一人ということはないだろう。

だが、顔の見えない誰かがこのソファに座っていることを想像すると、なぜだか胸にキンと沁みるみたいに冷たいものが流れ込んでくるような気がした。

抱き締めていたクッションを枕にして、うつ伏せになる。

広すぎる家の中は耳が痛くなるほどしんと静まり返っていて、ソファの軋《きし》る音が思った以上に響き渡った。

「……もう十時か。早く帰れるってどこがだよ。働きすぎだろ」

顔を埋めたクッションから微かに立ち上ってくる嗅ぎ慣れた匂いに、なぜかまた胸が締め付けられるような気持ちがして、僅かに眉根を寄せた。

こんなことを思ってしまうのはただだっ広い家に一人でいるからだ。

絶対に口に出しては言えないけれど、今はアイツが帰ってくるのが待ち遠しい。

ごろごろと寝転がっているうちに、どうやら本格的に寝てしまったらしい。

薄く開けた視界に人工的な明かりが眩しくて、司は思わず顔を抱き締めていたクッションに埋めた。ぼんやりと寝ぼけた頭で思う。今、何時だろう。

「目が覚めましたか？」

「――――！」

司は頭を跳ね上げた。

見上げたすぐそこに雅也が座っていて、目が合うとふっと微笑む。「よく寝ておられましたね」と穏やかに言う手には台本を持っていて、少なくともこの何分かの間に帰宅したわけではなさそうだ。

司の身体にはいつの間にかタオルケットがかけられていた。

「……いつ、帰ってきたんだ」

目が覚めたら当たり前のようにそこに雅也がいたことに、心の底からほっとして、ひそかに喜んでいる自分に気づくと少し戸惑った。こんな気持ちになったのは初めてだ。

「一時間ほど前に」と雅也が何でもないことのように言う。

慌てて時計を見やると、最後の記憶から二時間近くも経過していた。

「ぐっすり眠っているようでしたし、せっかくなので無用心で呑気《のんき》な寝顔を眺めていたところです。前にも言ったはずですが――俺も持ち歩いているんですから、鍵はきちんとかけてください」

笑みを引いて、雅也が淡々と注意してくる。少し呆れたような眼差しだ。

今夜は帰りが早いと聞いていたので、物音がしたら玄関まで出迎える予定だったのだ。そんな当初の計画を明かすこともできず、司はぐっと押し黙る。家主から留守を預かっている身なのだから防犯に気を配るのは当然。うっかり寝入ってしまったことを反省した。

「悪かった……今度からはちゃんと鍵をかけます」

いまだにどっちつかずの定まらない言葉遣いで謝りながらもぞもぞと動き、何となくソファの上に正座をして、そしてぶっきら棒に決まり文句を告げた。

「あと……おかえりなさい」

毎日の挨拶は必ず交わすこと。それがここに来て雅也に言いつけられたルールだ。

朝の挨拶はともかく、夜は雅也の帰宅が遅いため司は先に寝てしまっていることが多い。久々に交わす挨拶に、初日の時よりも何だか気恥ずかしさが増すようだった。自分の照れたような声が耳に返り、胸の辺りがむず痒くなる。首筋が急に熱くなった。

雅也がぱたんと音を立てて台本を閉じた。

「ただいま。今夜は早めに帰れると伝えておいたので、てっきり待ってくれているとばかり思ったんですが。帰る前に携帯電話に連絡を入れたのに、全然出ないし、かけ直してもこないので、何かあったんじゃないかと心配したんですよ。まさかぐっすり眠ってるとは」

「う…あの……それは……すみま、せん」

「いいえ。むしろ積極的で嬉しい限りです。ちゃんと言った通りにご飯を食べてお風呂にも入ったみたいですね。その上睡眠もとって体力回復して待ってくれているんですから、期待するなと言う方が無理だ」

「え？」

訊き返すのと同時に、司はソファの上に押し倒されていた。

いきなりのことで声も出ずに凝視した先、頭上から雅也が端整な顔に蠱惑的な笑みを浮かべてみせる。

「朝から早くあなたとこうしたくて堪らなかった。もう少し待ってもまだ眠り続けるようだったら、無理やりにでも起こすところでした」

「ちょっ……んんっ」

すぐに唇を塞がれた。あっという間にくちづけは深くなり、貪るように舌を絡めて口腔を舐め尽くされる。

司も期待していなかったわけではない。

ここ数日は寝に帰ってくるだけだった雅也と久しぶりに顔を合わせてゆっくり過ごせる時間だ。こうなるだろうことは頭のどこかで予感していた。

無意識に待ち望んでいたせいか、妙に身体が疼く。

眩暈がするほどの熱烈なくちづけに懸命に応えながら、司は雅也の腰に手を伸ばす。ベルトのバックルを性急な手つきで外し、その間にパジャマ姿の司はまるで果物の皮をそうするように雅也に剥かれた。露わになった胸元に、激しく吸い付かれる。

「あ…っ」

身体中を甘美な痺れが巡って、甘ったるい声が鼻から抜けた。大きな手のひらで直に肌をまさぐられて、それだけで満たされたような安堵の吐息が漏れる。

――構ってもらえなくてさみしかった……。

不意にそんな甘えたような思いが頭に浮かび、なぜだか唐突に切ない気持ちになった。

どうして雅也は司を抱くのだろう。

女性のようなやわらかさのない痩せた身体に顔を埋めている男は、本当にただ司に苦痛を与えて辱めたいだけなのだろうか。

だとしたら残念ながら、彼が考えているような効果はあまり期待できない。

司にとって雅也に抱かれることは、確かに最初のうちはそうだったかもしれないが、今や苦痛どころか快楽でしかないからだ。司の反応を見ればそれは雅也にも伝わっているのではないか。傍目《はため》に見ても司が嫌がっているようにはきっと思えない。精神的な部分で貶めることを期待しているのだろうか。だがそれも、残念ながら雅也の思い通りにはなりそうになかった。

「……はっ……ふ……ンぅ……あっ」

薄い胸にしゃぶりつきながら背中を撫で回され、指先で背筋の溝をなぞられてびくびくと痙攣《けいれん》しつつ大きく反り返る。差し出すように突き出した胸の粒をきつく吸い上げられた。量を増して次々と込み上げてくる愉悦に身体の芯から震えが走る。

雅也の気持ちは相変わらず読めないが、それ以上に自分の気持ちがよくわからなくなっていた。

この身体が男に慣れてしまったからそう思うのか。だが男なら誰でもいいのかと言われればそうは思わない。そこははっきりしている。

身体的に痛みをともなうような酷い目に遭わされたことは一度もない。かえってこちらが戸惑うくらい、いつもやさしく抱いてもらっている気がする。いっそ恨みをぶつけるように毎回酷く抱かれていたら、そのつど立場もはっきりしてわかりやすかっただろうに。

飽きずに司を抱く雅也の気持ちがこんなにも知りたいと思ったのは初めてだった。

自分の味気ない胸の突起に執拗に舌を這わせている男の頭部を掻き抱きながら思う。

――……なあ、本当は俺のことをどう思っている？　昔俺がお前にしたことは、もうこの先ずっと許してもらえないんだろうか。お前、涼しい顔して案外根に持つタイプっぽいしな。でも、それがお前の性格なのかもしれないけど、心もないのにそんなふうに愛しそうに触れられると俺はどうしていいのかわからなくなる。憎まれているのはわかっているはずなのに……。

当初交わした契約のことは二の次で、今はただ純粋に抱き合いたいと思った。

紐がほどけてもつれて、別々の先端同士をつなぎ合わせたようなちぐはぐな思考回路に戸惑いを覚える。だけど少しだけ、いつもよりも素直になれるような気がした。

覆い被さっている重みを全身で感じながら、しなやかな筋肉のついた肩に抱きつく。

「どうしました？　急に子どものようにしがみついて」

気のせいか、雅也の声がいつもよりも数倍やさしく耳に響く。

甘やかすように司の頬を撫で、

「……いくら子どもっぽく振る舞ってもお預けは受け付けませんよ。あなただって、もうここがこんなふうになっているじゃないですか」

「あぅっ」

すでに透明な体液が滲んでいるはしたない先端を親指で捏ねるように弄られて、鋭い快感に下肢が勝手にびくびくっと跳ね上がった。

「触ってないのに一人でこんなに硬くして……本当に淫乱な坊ちゃんだ」

「……はっ、も……ぼっちゃんじゃ…ない……っ」

「淫乱は否定しないんですか？」雅也がおかしそうに笑う。

「いつまでも司様は司様ですよ。俺は出会った時からまだ二歳の坊ちゃんに嫌われないように必死でしたから。あなたを泣かせたら、俺のせいで母がクビになるのだと自分に言い聞かせていました。幸い、あなたは俺によく懐いてくれましたけどね」

小学校で少々変わったご趣味のお友達ができるまでは。と囁くように付け加えられて、反射的にぎくりとした司は深く息を吸い込んだ。

熱のこもった口内に目の覚めるような冷たい空気が一筋流れ込む。

一瞬強張った司の脇腹を、動揺を見抜いたようにゆるゆると撫ぜながら股を割り、雅也が間に身体を忍び込ませてくる。当たり前のように長い指が奥深くを探ってきた。

「ここも綺麗に洗いましたか？　……ああ、すぐに指を呑み込んでいきますね。もしかしてお風呂でここも自分でほぐして準備してくれてたんですか？　やわらかくなってる」

「……っ！　いちいち、そんなこと言うな……っ」

図星を指されて顔が火を噴いたように熱くなった。過剰反応した司に軽く目を瞠った雅也が、途端にふっと目尻を下げて微笑む。ひどく機嫌がいい時の笑い方だ。

「そんないじらしいことをすると、あなたが大変なのに」

「あっ！」

早急に指を引き抜かれた細い空洞に、代わりに比べものにならないほどの熱と質量を持ったものが強引に捩じ込まれた。狭い肉壁を力強く押し拓かれてゆく苦しさに、目尻に溜まった生理的な涙が横に流れて耳殻を濡らす。その一方で埋め込まれた雅也自身に飢えたように吸い付き、うねって絡みつく淫らな自分の渇望を思い知らされた。

お預けを食らっていたのは自分の方なんじゃないかと、その時、唐突に気づいた。

一人であの大きなベッドに眠るのはとてもさみしい。いつの間にか浅い眠りに落ちていて、目が覚めたら隣に眠っている雅也の姿を確認してほっと安堵の息をつく。

今日も忙しいのだろうか。今夜は何時に帰ってくるのだろう。

どうでもいいはずのことを、なぜか気にしている自分がいる。わざわざ口に出して訊くのは癪《しゃく》で、興味のない素振りをしてみせながら、一人家にこもって夜を待つ。

ただ待つだけの身というのは、思った以上につらいものだ。

「……あっ……ぁふ……ぁっ、あっ、あっ」

体内をめちゃくちゃに掻き回されて、意識を手放してしまいそうなほどの気持ちよさに気がつけば嬌声を上げて溺れていた。

激しく揺さぶられながら、司は必死に雅也にしがみつき手当たり次第に汗の浮いた男の肌をまさぐる。

「――これが気になりますか？」

不意にそんなふうに問いかけられたのは、鞣革《なめしがわ》のようななめらかな肌に引っ掛かりを覚えた時だった。無意識のうちにその部分を指先で何度もなぞっていたらしい。

「あなたの手でそんなに触られると、この傷自体が性感帯になりそうですね」

頭上から雅也が含みのある笑いをこぼした。

指先から引き攣れた肌の感触が伝わってくる。脇腹から背中にかけての大きな傷痕。

「……あ」

半ば陶然と汗ばんだ手のひらを這わせながら、ようやく自分が執拗に撫で回していたそれの正体に気がついた。

「これ……」

「少しでも罪悪感が残ってますか？」

雅也に静かに問われて、司は咄嗟に返事を躊躇った。熱に潤んだ視界に雅也の端整な顔が入り込む。冷ややかなものを想像していたが意外なことに彼は微笑んだままで、それがかえって恐ろしく映った。怒っている時ほど冷静になる男だ。

「あなたがいなければ、この傷はきっとできなかったでしょうね」

「……俺のこと、恨んでるか？」

「そうですね。この傷がある限り、俺はあなたのことを忘れることができない」

皮膚に指を突き刺して、心臓をいきなり鷲掴みにされたかのような気分だった。

息苦しさにひくりと喉が戦慄き、隙を見計らって雅也がおもむろに腰を引く。

「あっ」

「……傷はもう消えません。一生ものです。……責任をとってもらえますか？」

どうやって――？

ともすれば泣き出しそうな眼差しで雅也を見上げた瞬間、いきなり限界まで突き上げられた。最奥で生まれた強い快感に、司は嬌声を上げながら背中を弓なりに反らす。

「冗談ですよ。そんな困ったような目で見つめないでください。でも、残念だな……俺が女だったらこの傷であなたを脅して無理やりにでも嫁にもらっていただくのに」

歪めた口元から冗談めいた、どこか自嘲じみた笑いを漏らしながら、急速に雅也の腰使いが激しくなった。

「あっ、あンっ、あっ」

半開きの唇からひっきりなしに喘ぎ声を溢れさせて、司は今にも理性が飛んでしまいそうな頭の中で考える。

――もらえるものなら、もらいたいよ……。

ただの皮肉に、真剣にそんなことを考えてしまう自分は、もうとっくに重症だった。

嫌でも気づいてしまう。好きなのだ。好きになってしまったのだ、雅也のことが。

自覚した途端、この数日、一人で鬱々と考えていたばらばらの思考がふっと一本につながった気がした。

あれだけ早く縁を切りたがっていたのに。今は理由がなくても傍にいたい。

だけど、雅也にとっての司は思い出したくもない嫌な記憶の一部でしかない。

雅也は背中の傷を見るたびに司のことを思い出す――それはいい意味ではないから、とても喜べる話ではなかった。

せっかく気づいた想いは、だが誰にも告げることなく、ひっそりと司の心の中だけで終わらせなければいけない。今までまともに恋愛をしたことがないから、終わらせ方も本当はよくわからないのだけれども。

この状態で一緒に居続けることは拷問に近かったが、最後の罪滅ぼしだと考えるとあと数日くらいは耐えられるだろうと思った。つらくなるだろうことを想像しながらも、できるだけ彼の傍にいたいと思う相反する気持ちもないとは言いきれなくて、苦しくなる。

「はっ、あっ、ひっ……ぁ、あンっ」

激しい突き上げに、自らも合わせて腰を振った。

爪先が宙を蹴り、揺れる脹脛が背中の傷痕を何度も擦り上げた。無意識にわざと雅也の腰に足を絡めていたかもしれない。このせいで好きな男に恨まれていると知りつつも、自分の残した消えない傷痕に歪んだ愉悦が込み上げる。司が『ここ』にいる。

グラスに勢いよく糖蜜を注いでいくみたいに、一気に甘く満たされてゆく。

雅也のやりたい時にやりたいように抱かれるのでも構わない。まだ、もう少しだけ、このままでいられたら――。

二日後、今の関係に一方的に終わりを告げられるとは、この時は思ってもみなかった。

「――……え？」

慌ただしく朝食の準備をしながら、司は振り返った。

かつてそこにあったやたらと長いダイニングテーブルは使い勝手が悪かったのだろう、姿を消し、一般的な大きさのテーブルが据えてある。

四脚ある椅子の一つに座って、雅也は朝刊を読みながらコーヒーを啜っていた。

いつもと変わらない光景。

昨夜は随分と帰りが遅かったようだが、そんなことは微塵《みじん》も感じさせずに今朝も完璧に身支度を整えている。

ある時間を過ぎた頃、翌朝の準備もあるので雅也の帰りを待つのを諦めて先に寝てしまった司は、今朝目が覚めてすぐに彼の姿を捜した。隣にいるはずの雅也の姿が見当たらなかったからだ。

彼はなぜかリビングのソファで寝ていた。手にはドラマの台本を持ったままで、どうやら読んでいるうちに眠ってしまったらしい。ちゃんとベッドで寝ないと疲れが取れないだろうに。

とりあえず雅也の姿を確認してほっと胸を撫で下ろした。まだ起こすには早いと思い、運んできたタオルケットをそっとかけてから、司はキッチンに向かったのだった。

間もなくして携帯電話のアラーム音が鳴り、雅也が起き出す気配がする。そうして現れた彼はいつものように食卓について、朝の挨拶代わりにこう言ったのだ。

「聞こえませんでしたか。今日で終わりにしましょうと言ったんです。荷物の整理ができたらすぐにでもあのアパートに戻ってもらって構いません。俺と会う前の、これまで通りの元の生活に戻ってください」

淡々と、雅也が先ほどと同じセリフを繰り返した。

「ちょ、ちょっと待てよ。だってまだあと一週間残ってるだろ。何でこんな急に……」

「何をそんなに動揺してるんですか？　あなたからしたら願ってもない話でしょう。散々連れ回されたあげく、無理やりここに連れてこられて軟禁状態にされてたんですよ？　解放されて喜ぶところじゃないですか」

「それは——そうだけど……」

突然のことに、頭がついていかない。

「り、理由は？　いくら何でもいきなり一方的すぎるだろ。俺もびっくりして……」

「飽きたから」

「え？」と司は半ば反射的に訊き返していた。耳を疑う。

雅也は朝刊を畳ながら、一度もこちらを見ることなく、

「理由はもうこの生活にも飽きたから、です。すぐに根を上げて暴れ出すかと思ってたんですが、予想外にも司様が我慢強く耐えているものですから。最初のうちはそれが楽しかったんですけど、だんだんとつまらなくなってきたんですよ。俺も案外飽き性なもので。あぁ、もちろん約束通り、あなたが欲しがっていたものも全部渡しますーーといっても、もう何もないんですが」

コーヒーを飲み干して、雅也が腰を上げた。慌てて作りかけのベーコンエッグが乗ったフライパンの火を消し、理解が追いつかないまま司は勢いで問い質す。

「何もないって、どういう意味だよ」

「文字通りです。残していたのはあなたに渡した写真一枚だけです。その他のデータはもうありません。誠二から取り上げた後、俺が責任を持って処分しました。パソコンにも移してませんから安心してください」

「……じゃあ、俺はありもしないもののために今まで振り回されていたのか……」

もう何が何だかわけがわからない。

茫然となる司をちらと一瞥して、雅也が踵を返す。

「それでは、今までお疲れさまでした。ああそうだ、鍵は裏庭の樹の洞の中にでも入れておいてください。覚えてますよね？　昔、あなたがよく隠し物をしていた幹の穴です。あの樹はまだそのままですから」

あとは適当に出ていってください。と、背中越しにさもビジネスライクな口調で言われて、司はカッと憤慨《ふんがい》した。

「待てよ！　やっぱり納得いかない。飽きたって、何だよその理由。勝手なこと言ってんなよ！　データを取り戻してくれたぶん、あと一週間、きっちり最後まで俺を使えよ」

縋るように引き止める。しかし、雅也は億劫《おっくう》そうにため息をつき、

「わからない人だな」

「……は？」

「あなたの顔をこれ以上見ていたくないって言ってるんですよ」

何を言われているのかわからなかった。固まる司を雅也が冷ややかに見つめる。

「理由？　教えましょうか」そう前置いて、羽織ろうとしていた上着を一旦椅子の背にかけた。そして、後ろ手にシャツの裾を捲り上げる。

「この傷――これのせいで、また一つ仕事を断らざるをえなくなりました」

司は雅也が見せつけてくるそれを凝視した。

「結構大きな仕事だったんですよ。化粧品会社のＣＭで、セミヌードが条件。でもこの傷ではイメージダウン。――そうはっきりと言われました。代わりに起用されたのが最近出てきた若手俳優です。たぶんこのＣＭで彼の知名度は一気に全国区になるでしょうね。ポスト恩田雅也なんて、誰が言い出したか知らないですけど」

自嘲気味に口の端を歪める。司は青褪めた。何も言葉が出てこない。

「改めて見ると、醜い傷ですね。特殊メイクみたいだ。本当にそうだったらよかったんですけどね……司様、申し訳ありません」

司様？　呼び方がいつの間にか元に戻っていることに、今更ながら気がついた。

焦る司を前に、雅也は淡々とシャツを下ろし上着を手に取って、戸口へと歩き出す。

「あなたの顔を見ていると、思い出したくもないことまで思い出してしまって腹が立って仕方ない。今日中にこの家を出ていってくれませんか」

「雅也、俺は……」

「出ていってください」

有無を言わせない、まるで凍りつくような冷たい声に、司はびくりと竦み上がった。

その場に茫然と立ち尽くし、その間に雅也は一度も振り返ることなく部屋を出ていく。

玄関ホールから彼が出かけていく物音が聞こえてくる。

フライパンの上でせっかく作ったベーコンエッグが、冷えて固くなっていく。


あれは雅也が高校生だった頃の話だ。

当時小学生だった司は、偶然、雅也が同じ学校の制服を着た女子と一緒に歩いている姿を目撃したことがある。

派手なメイクを施してスカート丈もやたらと短い、清楚とは程遠い印象の女子だった。

一目見て、司は小学生ながらに趣味が悪いと思った。雅也はあんな女がいいのか。

女子の方は雅也に気があるのは明らかで、それを隠そうともしていない。媚びるような上目遣い。風船でも詰めているのではないかと思うほど豊満な胸をわざとらしく押し付けるようにして、雅也の腕に抱きついている節操のなさ。品のないグロスでべとべとにてかる唇をアヒルのように軽く尖らせて、テンション高く話しかけている。

一方、腕に彼女をまとわりつかせた雅也は、困惑したような表情を浮かべていた。

それを遠目に確認して、内心笑いながら司は思ったものだ。あの女に見込みはない。だがその後も何度か、司は雅也がその彼女と一緒にいるところを目撃した。さっさと断ればいいものを。押しに弱い雅也はそのままずるずると彼女の言いなりになるつもりだろうか。そのうち彼女は図々しいことに、南波邸までやって来るようになった。携帯電話で雅也を呼び出しては、門前でこそこそと話し込んでいる。そんな二人を私室の窓から見かけるたび、司は目障りで仕方なかった。

事件が起こったのはその年の二月のことだ。

何気なく二階の部屋から外を眺めた司は、また門の前に例の二人の姿を見つけたのだ。

その日が何の日か司もよく知っていた。学校でも女子がわいわい騒いでいた。二月十四日、バレンタインデー。若干十一歳にして司はクラスメイトのみならず、上級生、下級生の女子からもたくさんチョコレートをもらった。小学生なのに、どれもこれも高いブランド品。だけど、司はそんなものは別に欲しくもないので、後から雅也の部屋に全部運び込むつもりだった。甘いチョコを食べるより、大量のチョコの山に埋もれて戸惑う雅也の顔が見たかったからだ。

あの女が何の用事で雅也に会いに来たのかは、一目瞭然《いちもくりょうぜん》だった。

現に今、彼女は雅也に小さなショップバッグを渡すところだ。どうせあの中には――。

司は舌打ちをして、急いだ。走って外に飛び出すと、ちょうど長いアプローチを歩いて戻ってくる雅也の姿が目に留まった。手には先ほどのバッグを大事そうに持っている。

気に入らなかった。雅也のクセに。ただそれだけの理由で、司は雅也の不意をついてチョコレートを取り上げると、裏庭まで走り、目についた樹に向かって放り投げたのだ。

バッグは思った以上に綺麗な放物線を描き、張り出した枝にうまく引っ掛かった。

それを見て、司は満足だった。遅れて駆けつけた雅也が樹の上のバッグに気づき、困ったような複雑そうな顔をしているのを横目に盗み見て、司は先ほどから胸の中でもやもやとしていたものがすっと晴れたように気分がよかった。雅也は何も文句は言わなかった。

しかしその日の夜、廊下を歩いていた司は、暗い中、裏庭をこそこそと移動する雅也を見かけたのだ。窓の外に目を凝らすと、彼が脚立を運んでいる最中なのがわかった。

雅也が何をするつもりなのか、すぐにピンときた。

そしてカッと喩えようのない怒りが込み上げてくる。

すぐさま司も裏庭に向かい、案の定、樹に引っ掛かった例のバッグを取るために脚立を上っていた雅也を発見する。雅也が驚いたように動きを止めた。その隙に背の高い脚立の反対側から司も勢いをつけて上り、先に天辺まで到達すると、木の枝に手を伸ばした。

夜空にぽっかりと浮かぶ大きな月のおかげで、バッグの位置ははっきりと捉えていた。

手に掴む。やったと思った。雅也より先に手に入れた。今度はこれを池に投げ込んで鯉の餌にしてやる。そう思った次の瞬間、ぐらりと視界が大きく傾いた。

その後のことは、よく覚えていない。

気がついたら目の前に雅也が倒れていて、苦しそうに脇腹を押さえていたのだ。

――あなたがいなければ、この傷はきっとできなかったでしょうね。

司は裏庭に立ち、当時と変わらない姿でずっとそこにある樹を眺めながら、雅也の言葉を思い出していた。

「……ホント、その通りだよな」

本来なら、あの傷は司が負うべきものだったはずだ。司を助けようとしたばかりに、雅也は負わなくてもいい傷を負ってしまった。しかも、一生消えることはない。

今更ながら、昨夜雅也が司の隣で寝なかったわけに気づく。仕事でショックを受けて帰宅したのに、呑気に寝入っている司の顔を見たら、きっと怒りを抑えきれない。司が同じ立場でもきっとそうするだろう。いや、司だったら容赦なく暴れていたかもしれない。

雅也は感情をなかなか表に出さないタイプだ。いつだって本音は建前で何重にもくるんで胸の裡に隠し、絶対に悟らせない。

今朝顔を合わせた時のいつになく冷えきっていた雅也の態度を思い出し、あれは相当悔しかったのだろうなと司は思った。冷静を保ちながらも、何かを必死に堪えているのが伝わってきたからだ。思い出すと、心臓が無理やり引き絞られるかのように苦しかった。

「……恨まれて当然、か」

仕事上の悩みは、本当の意味では司にはわからない。ポジションを奪おうとする若手が虎視眈々《こしたんたん》とチャンスを狙っていたり、少し売れると先輩から厭味を言われて叩かれたり。きっと、司が想像もできないようなことが雅也の身の回りでは毎日起こっている。

その上、一番気を抜けるはずの自宅にストレスの原因がいたら、堪ったものじゃないだろう。雅也はゆっくり眠ることもできなくなる。それは、司にとってもつらいことだ。

司は緑の葉が傘のように生い茂った大きな樹を見上げた。いまだにこれが何の樹なのか知らない。生まれた時から当たり前にここにあるただの樹だ。

そういえば、雅也が怪我をしてから、あまり裏庭には行かなくなっていた気がする。

不意に、目頭が熱くなった。

今になって、独占欲の塊だった子どもの頃の自分が悔やまれた。

でも、おかげで気づいたこともある。もうすでにあの頃から、いやたぶんそのもっと前から、雅也は司にとって特別な存在だったということ。物心ついた時から傍にいてくれた雅也を、他の誰かに横取りされるのが我慢ならなかったのだ。幼稚な嫉妬と独占欲。

あれから何年か経って再会して、今はもっと別な感情を抱いていることに気がついた。恨まれているとわかっていても、やはり正面切ってぶつけられた雅也の本音はショックだった。顔も見たくないと言われてしまったら、もう司はどうすることもできない。もともとこの想いは伝えるつもりはなかったのだから、せめてこれ以上彼の神経を逆撫でしないように、さっさとここを出ていく他ない。それが司にできる唯一のことだ。

報われない恋情を悲しむよりも、何年経ってもまだ雅也に迷惑をかけている自分が許せなかった。時間を巻き戻せたらいいのに。

胸の痛みを振り払って、司は大きく深呼吸をした。

太い幹を回って、腰辺りの高さにそこだけ刳り抜いたような自然の窪みを見つける。

よくこの洞には、不注意で割ってしまった皿やカップを隠したものだ。次に来た時にはいつの間にか前に入れておいたものが取り除かれていたのだけれど。

「こんなに低かったたっけ……」

懐かしむように、少しの間、思い出とともに幹を眺める。

そうして満足してから、司は窪みにそっと鍵を置いた。

捨てる神あれば拾う神あり。とはよくいったものだ。

真っ暗に見えた世の中も、実は案外うまく回っている。

司はたった数週間離れていただけなのにひどく懐かしい制服に身を包み、気を引き締める。今日からまた新たなスタートだ。

◆◇◆

「南波サン、おかえりなさい！」

いきなりスタッフルームのドアが開いて、ミンホが飛び掛かってきた。

「うわっぷ……ちょ、ちょっとミンホ……苦しいって」

自分よりもでかい男に抱きつかれて、司は大きく仰け反った。まるで飼い主に駆け寄ってくる大型犬だ。背中に大きく振れる尻尾が見える。

「ただいま」

「おかえりなさい！　よかった帰ってきてくれて！」とミンホから熱烈な歓迎を受けて、司は少しホッとした。

雅也に何の前触れもなく突然契約解除を言い渡されて、とぼとぼとアパートに戻り、これからどうしたらいいのかと途方に暮れていた頃、一本の電話がかかってきたのだ。

宇都宮からだった。

『……おう、元気か？　どうしてるのかと思って、ちょっとかけてみたんだが……』

あまりのタイミングのよさに、携帯電話を耳に当てながら不意に涙が込み上げてきた。照れ臭そうな声が、すぐに心配して訊ねてくる。おい、どうしたんだ？

どう言っていいのか迷って、司は事実と嘘を混ぜ合わせた事情を訥々《とつとつ》と話した。

それを黙って聞いていた宇都宮は、『そうか』と呟き、

『これから仕事を探すつもりなら、またうちに戻ってくればいいだろ。そろそろ新しいバイトを募集しようかと思ってたんだがこれも運命だな。人手が足りないから大歓迎だぞ』

そんなふうに言ってもらえて、また込み上げてくるものがあった。

一ヶ月も経たずにマナの店員として復帰することに、他のスタッフはどう思うだろうか。正直不安ではあったのだけれど、そんなものは杞憂《きゆう》だったと申し訳なく思うほど、誰もが温かく出戻りの司を迎えてくれた。一人で孤独感に打ちひしがれていた自分は馬鹿だ。もう雅也のことは忘れよう。元の生活に戻るのだ。以前のように、この店の仲間と一緒にここで一生懸命働こう。

一日の営業が終わり、ホールの掃除をしていると、上機嫌のミンホがモップを押しなが

ら近寄ってきた。

「南波サンがいるとやっぱり嬉しいな」

にこにこと笑顔のミンホにつられて、司も思わず笑みがこぼれる。

「随分とお客さんが増えたよな。これで今まで俺が抜けた穴の補充をせずに回してたんだ？　本当ごめん。大変だったよな」

「ううん、大丈夫。でもドラマの影響ってすごいですね。ボクなんかちょっとしか映ってなかったのに、女の子に写真一緒に撮ってくださいっていっぱい言われました」

「よかったじゃん」

「南波サンのファンもいたんだよ。辞めちゃいましたって言ったらみんな残念そうにしてたから、次に来たら喜ぶだろうな――そうそう！　どうせなら南波サン、もうちょっと早く復帰してたらよかったのに」

「え？　何で？」

「実はね」と、なぜかミンホが声を潜める。

「何日か前にここに恩田雅也が来たんですよ！」

不意を衝かれて、激しく動揺した司はモップの柄を手放しそうになった。

「閉店した後に突然やって来て、この前はお世話になりましたって、ボクたちにも挨拶してくれたんです！　差し入れまでもらっちゃって、カッコよかったなあ。その後、店長と二人で何か話し込んでいたみたい。何だかちょっと親しげで、後から訊いてみたんだけど、店長何にも教えてくれないんですよお。南波サン、どう思う？」

「……え？　あ、えーっと、どうだろう」

無理やり笑おうとした顔が引き攣る。騒ぎ出す心臓を押さえながら司は戸惑った。名前を耳にしただけでこんなにも動揺するなんて。一方で、まさかとある疑問が湧き上がる。隣で何も気がついてないミンホがモップを動かしながら「恩田サン、今度は誰か女優サン連れてこないかな」と鼻唄混じりに呟いていた。

スタッフ全員を見送った後の店先で、司は煙草をふかしている宇都宮をつかまえた。仕事終わりの一服。一日一本と決めている宇都宮の習慣だ。

そろそろ薄手の上着では寒くなってきた。思った以上に冷たい夜風に司は僅かに首を竦めながら、夜闇に流れて消えていく紫煙を眺める。

煙草を咥えながら、宇都宮が弱りきった獣のように唸った。

「……ミンホのお喋りバカめ」

「店長。その日、まさ……恩田さんと何を話したんですか？」

司は訊ねた。頭を過った疑問をぶつける。

「あのタイミングで俺に電話をくれたのは、本当に偶然ですか？」

「んー…黙っておいてくれって言われてるんだよ」

「じゃあ、やっぱりアイツが手を回して……？」

「アイツ、ね」と宇都宮がちらとこちらに視線を流した。大きなため息をこぼす。

「もともとそういうことになってたんだ。一ヶ月経ったら、お前をまたこの店に復帰させてくれって。一ヶ月間だけお前を借りたいって言われてさ。いくら人気俳優だからって、そんな権限はないって最初は突っ撥ねてやったんだけど――…」

がしがしと乱暴に頭を掻き毟る。

「恩田さん、お前の事情をやたら詳しく知ってたんだよ。お前はドラマ撮影の時も特に何も言わなかったけど、二人が知り合いだってのはそれですぐにわかった。向こうにも何か事情があるみたいだったし、まあ悪いようにはしないって約束してくれたし……つーか、あれはなあ、何つーかその、男の勘ってーの？　俺が思うにたぶんお前のこと……」

急速に語尾が細くなり、やがて誤魔化すように紫煙に掻き消されてしまう。

「ま、あれだ。一ヶ月って約束だったけど、向こうの都合でお前は早々と帰ってきてくれたことだし、こっちとしてはありがたい限りだな。正直人手不足で大変だったんだよ」

向こうの都合。

宇都宮にはおそらく偽の事情を伝えてあるのだろう。まさか「そこにいるだけで目障りだから」とはさすがの雅也も話せない。

それならそれですぱっと斬り捨ててしまえばいいものを。こんなアフターフォローなんか司は望んでない。俺を借りたいって、何だそれは。ただの気紛れだと思っていた言動は実は全部計算された上でのことで、彼は司の帰る場所をちゃんと最初から確保していた。

――ずるい。

責任感だとか、罪悪感だとか。これこそ雅也の性格上の問題かもしれない。だけど自己満足のためにそんな中途半端なことをされると、せっかく吹っ切ろうと決心したはずの気持ちが早くも崩れそうになる。会いたいと思った。雅也に会いたい。だけど会えない。

宇都宮が紺色の空に向かってうまそうに煙を吐き出した。

「明日からもまた頑張って働いてくれよ。期待してるからな」

ぽん、と頭に武骨な手を乗せられて、司は不意にわけもなく泣き出しそうになった。

今頃何をしているのだろうか。

今日も遅くまで仕事なのだろうか。体調は万全だろうか。ちゃんと食事と睡眠をとっているのだろうか。会いたい。会って元気な彼の姿を確認したい。テレビなんかあてにならない。アイツは人を騙すのがうまいから。だけどもう会うことはないのだと、自分に言い聞かせれば言い聞かせるほど抑えきれない想いが溢れて、会いたくて堪らなくなる。

未練がましくそんなことを日々頭の片隅で思い続けていたからかもしれない。

不意打ちでその名前が目に飛び込んできたのは、それからいくらか経ったある日のバイト帰りに書店へ立ち寄った時のことだった。

たまたま隣に立っていた中年の女性が捲っていた週刊誌のとある記事に、司は目が釘付けになった。

【恩田雅也　誰にも見せない背中の傷の正体！　視聴率王子の危険な夜の顔とは!?】

何だこれは。

司は思わず紙面を横から覗き込もうとして、女性に嫌そうな顔をされる。

はっと我に返って軽く頭を下げてから、急いで平積みにしてあった今日発売の週刊誌を手に取った。

焦りでなかなか思った記事に辿り着かない。いらないページをすべて破ってしまいたいもどかしさでページを行ったり来たりを繰り返し、ようやく目当ての見出しを開いた。

見開きにわたって上三分の一ほどが雅也のモノクロ写真で埋まっている。おそらく現在放送中のドラマのワンシーンカット。だが、雅也が犬を構っているそのほのぼのとした画像を嘲笑うかのように不愉快な安っぽい見出しが躍っていた。

司は無意識に喉を鳴らす。

一瞬、殿村のにやついた顔が思い浮かぶ。あの男、まさか――。

小さな文字を食い入るように目で追いかけながら、司は自分の心臓が嫌なふうに速まっていくのを感じた。

紙面には三ページにわたって雅也の背中の傷痕のことがおもしろおかしく書き綴られていた。モデル時代から今まで一度もセミヌードを撮らせたことがない。関係者の間ではタブー事項。実は雅也は特殊な性癖の持ち主で、その傷はマニアックな趣味が高じて負ったものである。着替え中にうっかり部屋のドアを開けてしまって、普段は温厚で通っている雅也にひどく怒鳴られたというスタッフや、涼やかな甘い顔に似合わず実はかなり激しい遊びが好きなようだと知ったかぶりの関係者などの、もっともらしい証言まで添えてある。

「……何だよこれ、嘘ばっかり書きやがって」

司は愕然となった。

出版社も出版社だ。こんな百パーセント嘘の話を堂々と掲載していいのだろうか。裁判沙汰も必至だ。

ネタ元はすぐに想像がついた。アイツが流したに決まっている。そうじゃなきゃ、こんなタイミングよくこの記事が出るわけがない。

「殿村のヤツ……っ」

司は今にも雑誌を真っ二つに引き裂いてしまいそうな凶暴な衝動をどうにか堪えようと歯噛みする。

雅也の顔が浮かんだ。

彼は今どうしているのだろうか。こんな記事が世間に出回ってしまったせいで、また事務所に呼び出されているかもしれない。こんなしょうもない偽情報のために、何で何もしていない雅也が振り回されなくてはいけないのだ。行き場のない怒りが込み上げる。

――せっかく上り調子なのにスキャンダル一つであっという間に転落――…そういう世界だよ、ここは。

不意に、下卑た笑いを浮かべた殿村の言葉が耳に蘇った。

「……っ、黙れ殿村」

口の中だけで低く毒づいて、司は不愉快極まりない週刊誌を閉じる。

こんな下世話なゴシップで雅也がダメになるものか。

司は無意識に携帯電話を取り出す。が、電話をかける寸前で思い直した。ディスプレイに司の名前が表示されたら、雅也は出てくれないかもしれない。

だが司が無視されることよりも、今は雅也の状態が気になった。

不安になる。つい先日も例の傷については触れたばかりだ。相当ショックを受けていたのを司はこの目で見ている。そこにこのゴシップだ。さすがの雅也でも精神的に参っているんじゃないだろうか。

「――……会いに行こう」

外は土砂降りだった。

傘を開く時間ももどかしい。司は街中を行き交う色とりどりの傘の花の合間を縫うようにして、自宅とは逆方向に向かって走り出した。

ふざけるなと思う。

何が【傷の正体】だ。何が【危険な夜の顔】だ。

誰も本当のことを何一つ知らないくせに。

電車を乗り継ぎ、ここ数年滅多に利用しなかったタクシーを降りて、司は高級住宅街の往来に立っていた。

雨はまだ降り続いている。ぼやけた暗い頭上では透明なビニル傘にいくつもの雨粒が弾けて飛び散り、足元はなりふり構わず走ったせいでスニーカーがどろどろになっていた。

「……まだ帰ってないのか」

短い期間だったがつい先日まで暮らしていた屋敷に明かりは点っておらず、司は少し考えてガレージへ回ることにする。雅也は車で仕事に出かけているはずだから、そこで待ち伏せていれば間違いない。

雨水を跳ね上げて、司は走った。

じっとしていられなかった。電車の中でもタクシーの中でも、週刊誌の記事を思い出しては怒りが込み上げてきて仕方なかった。

雅也は大丈夫だろうか。それればかりを考える。八方美人はこういう時、本音を語れる相手がいないんじゃないか。誰か悩みを聞いてくれる人はいるんだろうか。俺ではその役は駄目なんだろうか。

高い塀でぐるりと囲まれた広い敷地を迂回して、ガレージに急ぐ。

とその時、パッパーと甲高いクラクションが鳴り響き、はっと振り向いた司の目に眩いライトの光が飛び込んできた。

一瞬、視界が奪われる。司は反射的に脇に避けて、その横を大型セダンが乱暴な運転で通り過ぎていった。すれ違いざまタイヤがびしゃん、と水溜まりを跳ね上げる。

「うわっ……サイアク」

膝から下がびしょ濡れだ。小さく舌打ちをして、そこでさっきまで手に持っていたものが消えていることに気づいた。

すぐさま辺りを見回し、雨が打ちつけるアスファルトの上に書店の袋が落ちているのを見つける。

司はため息をついて、それを拾いに行く。しゃがんだそこへ、再び視界を眩しい光に射られた。

また車だ。司は慌てて袋を拾い上げて、脇に避けようと立ち上がる。が、不意に足元が滑った。水溜まりに足が取られて派手に尻餅をついた。その拍子にビニル傘が手から離れ、全身を雨に強く打ち付けられる。

耳を劈《つんざ》くようなクラクションが鳴った。二つ眼のライトの光が目前に迫る。手足に力が入らず、腰が上がらない。

――――駄目だ、逃げられない！

咄嗟に片腕で顔を覆う。

急ブレーキをかける耳障りな音が鳴り響いた。

「大丈夫ですか！」

叫びながら男が運転席から降りてくる。

――……助かったのか……？

司は恐る恐る目を開け、僅かの距離を置いて停まっている車のフロントバンパーを見てゾッとした。

「大丈夫ですか！　立てますか？　どこか怪我は……」

雨の中駆け寄ってきた男が、その瞬間はっと息を呑む。

「――司様!?」

雅也がぎょっとしたように声を上げた。

司も絶句する。まさか彼の車に轢かれそうになるとは思わなかった。

「ど、どうしたんですか。どうしてあなたがこんなところに……！」

珍しく動揺を隠せずにいる雅也が濡れるのも構わずに地面に膝をつく。尻餅をついたままの司を抱きかかえるようにして立たせた。アスファルトに投げ出された傘を拾い上げて司の頭上に差し出す。車のライトに照らされた雅也の顔はひどく青褪めて見えた。

少し痩せたようにも思えて、切なさが込み上げる。今すぐ手を伸ばして強く抱き締めたい衝動を、ぐっと堪えた。

「こんなに濡れて……何でこんなところで座り込んでるんですか。車が通るのに轢かれたらどうするんですか。俺が、あなたを……っ」

一瞬身震いした雅也を、司は縋りつくようにして見上げながら、「……そうだ、俺……あの、これ」と震える手でびしょ濡れの袋から雑誌を取り出して渡した。

「これ読んで……びっくりして、それで俺……だって、ウソばっかりだろこんなの……」

身体が雨に冷えてうまく口が回らない。久々に雅也の顔を見た瞬間、涙腺が弛んだ。

「……ちゃんと、ウソだって言えよ！　このままじゃお前、ヘンタイ扱いだぞ？　俺がちゃんと証言するから、だから訂正しろよ、な？　頼むから……お前のこと何も知らないヤツにこんなふうに好き勝手言われるのヤダ……我慢できない……すげえ悔しい……っ」

仕立てのいいジャケットの胸元を鷲掴みにして必死に訴える。こういう時こそ俺を利用しろよ。今なら喜んで利用されてやる。お前のためなら何だって引き受けるのに。

だがしかし、僅かな沈黙を挟んだ後、雅也はどこか苛立ちを滲ませた声で告げてきた。

「そんなことはしませんよ」

「っ、何で——！」

「あなたにもさせません。何のために俺があなたを手放したと思ってるんですか」

そう言うと、いきなり雅也は司の手を掴み、強引に車の後部座席に押し込んできた。

自分も素早く運転席に乗り込み、

「何のためにわざわざそんな馬鹿げたネタを提供したと思ってるんです？　こっちがせっかく決心して遠ざけてもあなたから戻ってきたら意味がないじゃないですか！　しかも俺のために――……怒ったり泣いたり……本当に、あなたは俺の予測外のことばかりする」

車体を叩く雨粒の音が一層激しくなった。

電動式ゲートが開く。戸惑う司をよそに雅也はステアリングを切りながら独り言ちる。

「自分から戻ってきたんですからね。もう俺は二度とあなたを逃がしません」


急くように手を引かれて家に入った。

「早く風呂に入ってあったまらないと。風邪をひいてしまいます」

「おい、それよりちょっと待てってって、真面目に話を……」

「あなたの身体より大切な話なんてありませんよ」

一瞬振り向いた雅也はわずらわしそうに司の手から雑誌を掠め取ると、

「こんなソースもあやふやなイロモノネタ、すぐに忘れ去られますよ。週刊誌というのはそういうものなんです。脚色つけてナンボ。いちいちまともに取り合ってたらキリないですよ。有名税なんですから、あなたが気に病むことなんかないんです」

ふんと鼻を鳴らして柄でもなく廊下に放り投げた。雨に濡れてふやけた表紙がぐにゃりと奇妙に折れ曲がる。

「待っていてください」と一言残して一旦姿を消した雅也が、急いで戻ってきたかと思うと司をバスタオルで包み込んだ。水を吸って重たくなったジーンズと靴下を脱ぐように言われ、司は黙って従う。司が通ってきた廊下は点々と水溜まりができていた。

別のタオルで司の頭を拭きながら、雅也が「週刊誌のことよりも――」と口を開いた。

「殿村さんがまだしつこくあなたのことを嗅ぎ回ってます」

「殿村？」司は首を傾げる。「何で俺のことを？」

アイツが嗅ぎ回っているのはお前のことだろう。

「あなたが出ていった翌日、ここに殿村さんがやって来たんですよ。雨で撮影が中止になったので早めに帰宅したら、突然訪ねてきたんです。以前にも一度、他の役者さんと一緒に招いたことがあったので覚えてたんでしょうね。何をするわけでもなく、ただコーヒーを飲んで帰っていきましたけど――…あなたの痕跡を捜しているのは見え見えでした。一日ずれてたら鉢合わせしてたかもしれませんね」

雅也がため息をつく。

「あの人も何が楽しいのか、司様が俺の弱点だと考えていろいろと探っているんですよ」

「……バッカじゃねえの。とんだ勘違いだなあのオッサン」

「そうですか？」

司は思わず「え？」と訊き返した。

「俺は必死でしたよ。どうにかあの人の関心があなたから外れてくれないかと思って」

じっと見つめてくる雅也と目が合って、心臓が突き上げられるみたいに跳ね上がった。

「先日も壁の陰からフリーライターが聞き耳を立てていることに気づいていながらあなたの話題を持ち出してきました。俺が考えなしに司様を連れ回したせいで、周囲にあなたの顔を知る人は少なくない。その上、急に姿を消しましたからね。一応、顔見知りには新しい就職先が見つかったからと伝えてありますが、殿村さんは信じてないようです。彼が司様に手を出そうとするから、俺が警戒して早々と引き揚げさせた。今は家に閉じ込めて新婚ゴッコでも楽しんでるんじゃないか——なんて下世話な勘繰りをし出すものですから、こっちも咄嗟にインパクトのある話題を振って、ライターの興味を逸らしたのが今回の記事の発端です。まあ、たった一言で三ページ分の記事になるとはあのライターの妄想力をちょっと侮っていましたけど」

雅也が皮肉げに口端を引き上げる。

「俺のことは何を書かれようが別にいいですけどね。根も葉もない噂に負けるほど弱くはないつもりです。でも、俺のせいで自分の大切な人が犠牲になるのは耐えられない。司様に目をつけたら、粘着質な記者はいずれあなたの過去まで調べ上げるでしょう。八年前まではこの家に俺も一緒に住んでいたことから――…あなたのご両親のことまで」

司はぎくりとした。

後から知ったことだが、常識の欠けていた両親は生前、司の知らないところで様々なビジネスに手を出していたらしい。やがて借金が膨れ上がり、それでも生活レベルを落とすことに抵抗があった彼らは自分たちの見栄のためにさらに借金を重ね、ある日突然、何も知らずにのうのうと暮らしていた一人息子を残してこの世から去ってしまった。表向きは交通事故として処理されたが、本当は自殺ではないかと、そんな心ない噂を当時高校生だった司は様々な場所で耳にした覚えがある。真相は今も闇の中だ。

「……でも、いっそその方がお前にとっては清々したんじゃないか？　だってお前……傷の件も含めて俺のこと、ずっと恨んできたんだろ」

「そんなことをしたらお世話になった旦那様と奥様に申し訳が立たないでしょう」

淡々と切り返されて、司は思わず押し黙ってしまう。

「それに、母の気持ちもある。あなたはまだ小さかったから覚えてないかと思いますが、俺たちが南波家に世話になるきっかけは司様だったんですよ」

「俺？　え、俺じゃなくて母さんだろ」

雅也がゆっくりと首を横に振り、どこか懐かしむように目を眇めた。

今から二十年前のあの日、当時八歳の雅也とその母親は雨の中をずぶ濡れになりながら歩いていた。そこに通りかかったのが司と司の母を乗せた黒塗りの自家用車だったのだ。

そこまでは司も知っている。しかしその先が、司の聞いた話とは少し違っていた。

車の窓から最初に雅也たちを見つけたのは当時二歳の司だったという。行きつけのブランド店を何軒かはしごして思う存分に買い物をした母は、買い込んだブランド品をさっそく身につけてポーズをとる空想に浸っていた。しかし司があまりにも騒ぐので何事かと目を向けて、そこで彼らの存在に気がついたのだ。傘も差さずにどうしたのだろうかと不審に思っていたところに、司が「あのひとびっしゃんこ、おかあさま、かしゃ《傘》あげて」と泣きそうな顔で袖を引っ張ってきたのである。彼女も人の親だ。まだ小学生だろう線の細い少年が具合の悪そうな母親を必死に支えて歩いている。咄嗟に運転手に声をかけた。

その後、南波家に連れ帰った母子の事情を知り、母はよければうちで働いたらどうだと誘いをかけたのである。それも、人見知りの激しい司が不思議なほどあっという間に雅也に懐いたからだ。母が引き離そうとしても、司は雅也に抱きついて離れなかったという。

「司様がいなければ、俺たちはどうなっていたかわかりません」

「……そんな話は初耳だ。お前、俺に作り話を聞かせてたのかよ」

物心ついてから司が雅也から聞いた話では、すべて母が主体だった。ぼくのおかあさまはすごいひとなのだ。心やさしい奥様が主役で、二歳児の司の存在などその場にいたのかどうかもよくわからないような適当な扱いにされていたはずだ。

雅也が僅かに唇を引き上げてみせた。

「散々振り回しておいて今更ですが、感謝している母の手前、あなたやあなたのご両親をこんな馬鹿げた騒ぎに巻き込むわけにはいかない」

きっぱりと割り切った言葉を聞いて、司は落胆するのを隠せなかった。わかっていたことなのに、改めてすべては司のためではなく司以外の身内のためなのだと雅也の口から聞かされて、思った以上に深く傷ついている自分がいる。しかもやはり、司を恨んでいることと自体は否定しなかった。

「だからこの家からあなたを追い出したのに」

雅也は司のことを自分の弱点だと認めているようだった。自分のことはどう言われようが構わないと言っていたが、実際はそんなわけにはいかないだろう。今の地位を維持するためにもイメージは大切だ。それくらい素人でも知っている。

雅也自身、できることなら過去には触れてほしくないに違いない。雅也の過去を語るのに不可欠な司の存在は邪魔。司だって何も好きこのんで彼の迷惑になりたいわけではないのだ。ただ、今の状況で自分が少しでも力になれることがあるなら協力したいと思って今日はここに来た。目障りならすぐにでも消える。自分の立場くらいわきまえている。

「だけどやっぱり」と雅也が呟いたのはその時だった。

「いくら事情があったとはいえ、あなたがいないこの家に帰ってみて、すぐに後悔しました。殿村さんから、あなたと揉めた原因を聞いてしまった後はなおさら。あの時もあなたは俺のために怒ってくれてたんですね。何で転んだなんて嘘をつくんですか。そんな似合わないことをするから、俺の頭はどんどんあなたで埋め尽くされて……さっきも、路上に蹲《うずくま》っているあなたの姿を見た時、とうとう幻覚まで視えるようになったかと……」

小さく苦笑した雅也が、真正面から司を見つめてきた。

目を合わせて、司は戸惑う。見えないトゲが抜けてすっきりしたみたいな、それでいてどこか既視感を覚えるような、ひどくやさしい眼差しが真っ直ぐに司を捉えている。

雅也がひとことひとことを大事に、縒《よ》り合わせるように、ゆっくりと紡いだ。

「俺はあなたが好きです。昔も、今も、変わらずずっと」

ゆるゆると司は目を見開いた。

「だから、あなたが俺のために怒ったり泣いたりしている姿を見せつけられたら……本当に、もう堪らなく嬉しくて……」

言い終わる前に司は強く抱き竦められていた。

力強い腕の中に抱き込まれて一瞬息もできなくなる。頭が状況に追いつかない。久しぶりに嗅いだ雅也の匂いにくらくらと眩暈がした。

彼は今、何と告げただろう。

「……俺のことが、すき……？」

後れ馳せながら痺れたような思考が鈍く巡り始め、ようやくその告白だけを拾う。

自分の耳と頭が信じられなかった。

「……で、でも…っ、お前は、俺の顔なんか見たくないくらい恨んでるはずだろ……？」

「まさか」囁くように言った雅也の腕に一層力が込められる。

「さっきも言ったじゃないですか。後悔しているって。あんな方法でしかあなたをここから遠ざけることができなかったんです。本心じゃないんですから、俺だってつらかった」

確かに背中の傷のせいで雅也が諦めたものは少なくなかった。皮膚が引き攣れた醜い傷跡は見せられて気持ちのいいものではなく、事務所からのNGが出て仕事が制限されるのも仕方ないと思っていたという。

「だからといって、司様を恨んだことは一度もありませんよ。むしろこの傷が一生消えることがないと知って内心ひそかに悦んだくらいです」

「え？」

どういうことだ。

「当時の俺は、母の再婚がなくてもいずれ南波家から出るつもりでいましたから、この傷があれば離れていても司様とつながっているように思えて嬉しかったんです。その上、おやさしい司様のことですから裏庭のあの樹を見るたびに罪悪感と一緒に俺のことを思い出すだろうと考えたら、これくらいの代償、むしろ安いくらいでしたよ」

笑って告げられて、司はどう受け取っていいのかわからなかった。

バスタオル越しに抱き締められた身体が、緊張と戸惑いでずっと小刻みに震え続けている。心臓が激しい音を立て、誤魔化すように吐き出した声が明らかに上擦った。

「ひ、一人でも、出ていくつもりだったのか？」

「……ええ。そうでもしないと、自分を抑えていられる自信がありませんでしたから」

頭上から微かな苦笑がこぼれ落ちてくる。

「成長される司様を間近でただ見守っているのにも限界がありました。モデルのバイト代を貯めて準備はしていたんですが、旦那様や奥様のご好意を無下《むげ》にするわけにもいかず、なかなかここから出られなかったのは計算外でしたけどね。二十歳まで我ながらよく我慢したものです。母の再婚が決まって一番ホッとしていたのは俺だったのかもしれません」

一つ息をつく。

「計算外といえば、旦那様と奥様が亡くなられてこの家が人手に渡ってしまったのがそうです。その後の司様の行方がわからなくなったことと、その間にあなたがタチの悪い男に引っ掛かっていたことも。本当に、はらわたが煮え繰り返るというのはああいうことをいうんだと身を持って知りましたよ」

「……そ、それは……」

「俺の考えが甘かった。女ならまだしも、まさか男に寝取られるとは思ってもみませんでした。プライドの高いあなたがおとなしく組み敷かれるとは思わなかったんですが、環境が変わると人も変わるものなんでしょうかね」

言葉を詰まらせて狼狽える司を、縛めるようにして雅也が少し強めに抱き寄せてきた。雨に冷えた身体が火照り出す。密着度がますます高まって、自分の心臓の音が伝わってしまうのではないかと気もそぞろになる。

「もっと早くあなたを捜し出していればと後悔しました。でもこれまでの経緯があって今のあなたがいるんですから、複雑なものです。外見も内面も大人になったあなたに、俺はどうしようもなく惚れてます。再会した瞬間から会うたびにあなたをどろどろに甘やかしたくて仕方ないのに、何とも思っていない素振りをするのは大変でした」

「……え、演技派め」

「残念ながらその肩書きはまだつけてもらえません。あの週刊誌でも【イケメン俳優】って書かれてたでしょ？　そこからまだ抜け出せない。一つの目標なんですけどね」

冗談めかす雅也の言葉に、少しだけ張り詰めていた気が弛んだ。

だが伏せがちの顔はなかなか上げられない。朱が散って、途轍もなく恥ずかしいことになっているのがわかっているからだ。

面と向かって惚れていると言われて、平静でいられるわけがなかった。それも相手は自分の好きな男なのだ。

憎まれているものとばかり思い込んでいた。だから自分の想いに気づいた後も、絶対に打ち明けてはいけないと常に言い聞かせてきた。

それなのに――当の本人にあっさりと先を越されてしまうなんて。

「今度は司様の話を聞かせてもらえますか」

「俺の？　お、俺はあの、その……」

いきなり水を向けられて、司は焦った。話って何を聞かせればいいのだろう。

「司様？」

甘さを含んだやわらかい声に追い詰められてますます焦る。素直に伝えればいいのだ。本当は言いたくて仕方なかったのに、我慢していた言葉を。雅也の本音を聞いてしまったのだから、司も本音でぶつからなければ。けれどもいざという時になって照れ臭さが邪魔をする。予想外の連続に司は困って、ちらと上目遣いに見上げた。拗ねたように呟く。

「……よ、呼び方が元に戻ってる」

軽く目を瞠った雅也が次の瞬間、見たことのないふうに破顔した。

ここまで無防備に笑み崩れた顔は初めてで、司の胸がこれ以上ないくらい高鳴る。

火照った首筋に鼻先を擦りつけるようにして顔を埋めてきた雅也が、耳元で囁いた。

「俺は司に会いたくて堪らなかった。事情はどうあれ、ここに戻ってきてくれた司を見て死ぬほど嬉しかった」

「……うん。俺もあ、会いたかった」

今度はきちんと本音が言えた。胸がきゅっと締め付けられる。

「司のことを力いっぱい抱き締めたいと思った」

「……うん、俺も」

ぎこちない仕草で広い背中に手を回した。濡れて冷たくなったジャケットの下で、張り詰めた筋肉が一瞬震えたのがわかった。それだけで全部通じ合ったような気がした。

耳朶を熱っぽい吐息が掠める。

「たくさんキスをして……今すぐ抱き合いたい」

俺も。と言おうとした唇を、咬みつかれるようにして強引に奪われた。


雨に濡れた服をすべて脱ぎ捨てて、浴室にこもり抱き合った。

あたたかいシャワーを頭から浴びながら、互いの唇を貪り合う。

湯気に包まれる中、温水が床を弾く音に淫らな水音が混じる。

「……は……ふ……ンン……」

夢中で舌を絡め合った。冷えた身体は瞬く間に熱を帯び、シャワーの水温よりも体温の方が熱いのではないかと錯覚する。

熱い肉厚の舌で口腔を隈なくまさぐられて、あまりの気持ちよさに意識が途切れ途切れになる。差し出した舌を強く吸い上げられると脳髄が甘く痺れた。

濡れた唇と唇の間を行き来する吐息や唾液がどちらのものかもわからないまま、飢えた獣のように幾度も嚥下した。腹の内で発熱したように身体が一気に火照り出し、そのうちキスだけでは物足りなくなってくる。

雅也も同じ状態なのだろう。

「あ……っ」

すでに硬く張り詰めた下肢を同じく勃起したそこに押し付けられて、司は危うくそれだけで達してしまいそうになった。

どうにか堪えたその間にも、くちづけを解いて首筋を下りてきた唇に肌を何度も吸われて、また別の快感に身悶える。鎖骨に軽く歯を立てられた瞬間、電流が駆け巡ったかのように脳天まで痺れた。

このままだと触られないうちにイってしまいそうだ。

今まで幾度となく雅也とこういうことをしてきたはずなのに、今日は何かがいつもとは違うと感じていた。

とどまることを知らない泡のように次々と湧き上がってくる身体の火照りと、切ないほどの焦燥感。それ以上の安堵。ぬくもりに対する泣きたいほどの愛おしさ。

ほとんど役に立たない思考の隅っこで、ああそうかと不意に思う。

気持ちが全然違うのだ。

脅されているわけでもなく、望みのない一方的な想いを抱いているわけでもない。

心もちゃんとここにあって、お互い抱き合っている。

それだけで感情が昂ぶり、ひどく満たされている気分になった。

興奮状態の司の先端を雅也が親指の腹で捏ねるように触ってきた。

「うあっ」

すでに体液が滲み出している敏感な鈴口を弄られるのは堪らない。

腰に溜まった熱が一気に迫り上がってくる。息が上がる。

覚えのある快楽を想像して、ごくりと喉が鳴った。

硬く淫らに腫れ上がった劣情を早く解放してやりたい衝動が抑えきれない。

まるでセックスそのもののように激しく舌を抜き差しされるくちづけを交わしながら、乞うように雅也の腰に手を回した。

手のひらを這わせて、鞣した革のように触り心地のいい肌の感触を味わう。

しばらくぶりに湿った生身の肌に触れて、思わず物欲しげな吐息が漏れた。

雅也の手が司の背中の溝をなぞり、腰を撫で、尻たぶを揉みしだく。

司も熱に浮かされるように息を荒げて、雅也の背中をまさぐる。

夢中でなめらかな肌を撫で回していた手が、不意に引き攣った感触を引っ掛けた。

「……っ」

はっと唐突に夢から覚めたような心地になった。

その微かな変化を、しかし雅也は鋭敏に感じ取ったのだろう。自分の身体のどこを司が撫でているのか、すぐに気がついたように言った。

「すみません。やっぱり気になりますか？」

なぜか雅也が申し訳なさそうに眉尻を下げる。

湯気越しに彼を見上げて、咄嗟に司は「違う」と水滴を散らして首を大きく振った。そんな顔をしたら駄目だ。申し訳なく思うべきは自分の方なのだから、お前じゃない。

「……ごめん。俺のせいで、こんな傷負わせてしまって」

面と向かって謝るのは初めてかもしれない。

本当はずっと謝りたいと思っていたのに、随分と時間が経ってしまった。

「謝る必要なんてありませんよ。これは俺の宝物ですから」

「宝物？」

「毎年二月十四日になるとあなたのことを思い出していました。あの日、俺からチョコを奪ったのは、あなたがあの女の子に少しは嫉妬してくれたんじゃないかと勘違いして悦に入るような男ですからね俺は。今までは大事な思い出を他人に弄られたくないので必要以上に隠してきましたけど、本音は堂々と見せびらかしたい気分ですよ」

「何だそれ」と司は半ば呆れた。しかしまったくの勘違いでもないから始末に悪い。

「だけど……この傷だけじゃない。俺はもっといっぱい、お前に酷いことしただろ？」

「そんな顔をしないでください」

雅也がどこか嬉しそうにハシバミ色の瞳を眇めて、司の額にキスを落とした。

「謝られるとかえって申し訳なくなります。あれはあれで俺は結構楽しんでいたんですから。むしろ俺の方こそ、あなたに謝らなくてはいけません。俺の頭の中では、あなたは俺にもっと酷いことをされてましたよ？」

「酷いって、どんな……？」

「口では言えないことです」

にっこりと笑い、

「あなたにマスターベーションを命じられた時、俺は何を考えていたと思います？　真っ赤な顔をしているくせに興味津々のあなたの目の前で、俺が何を考えながらヤッてみせたか――想像できませんか？」

戸惑うように目を瞬かせる司の前で、雅也は嫣然と微笑んで、そして耳元に唇を寄せて囁いた。

「ここに俺のを突っ込んで気持ちよがっているあなたの顔です」

「――――！」

濡れた指で後ろを押し上げられて、司はびくりと伸び上がった。

「ね？　俺はずっと前からそんなことばかり考えてたんです。今はもっとタチが悪くなっている。あなたに命令されるのも好きですが、屈辱を与えた時の怒鳴りつけたいのを必死に堪えて睨んでくる顔も大好きなんですよ。ほら、いるでしょう？　好きな子ほど苛めたいタイプ。俺はあれでしょうね。傍にいると何をするかわからない。――……まだ中学生だったあなたと距離を置きたかった理由、わかってくれましたか？」

「……う……はぁ……あ……っ」

片手で肉付きの薄い尻たぶを割り広げ、もう片方の指で入り口を円を描くようになぞられる。息を乱して僅かに前屈みになると、密着していた男の硬い腹筋に蜜を垂らす先端を擦りつけてしまう。

「ふ……はぁ……ン」

気持ちよさが癖になり、無意識に腰を揺らめかせて自身を煽ってしまうのを止められない。そんなはしたなさをからかうかのように、雅也の指が後孔に潜り込んできた。

ボディソープでも使ったのか、ぬめりを借りて指は簡単に奥まで差し込まれてしまう。

二本の指で中を掻き回されて、喘いだ司は目の前の肩にしがみついた。逞しい肩を掴む指先に力がこもり、床で必死に耐える爪先がくっと丸まる。指が中で開こうとするのを、じわじわと火がつき始めた肉襞が押さえ込むように二本まとめて物欲しげに食んだ。

「今、こうやってあなたが俺の腕の中にいることがまだ信じられないくらいです。一度目にあなたから離れた時と、再会してからの二度目の時とはつらさがまるで違った。あなたがいなくなったこの家は何の価値もないような気がして、近々引っ越そうかとまで考えてました。……先走らなくてよかった。あなたが戻ってきてくれて、本当に嬉しい――」

ずるりと指が引き抜かれ、いきなり左足を膝裏から掬い取られた。

背中をタイルに押し付けて片足だけ高く持ち上げられた不安定な恰好にさせられる。恥ずかしい場所が丸見えだ。「やっ」と小さく悲鳴を上げたそこへ、強引に雅也が硬く勃起したものを捩じ込んできた。

「ああっ！」

一気に最奥まで突き上げられて、目の前に激しい火花が散った。

濡れた壁を背中でずり上がり、床についていた片足までもが浮き上がる。一瞬後、自分の体重が重力に従って落ちてきて、その反動でより深くて敏感な部分を雅也に抉られた。

気を失ってしまいそうな強烈な快感に、生理的な涙が目尻を伝う。

こぼれた涙を舌先で掬い取った雅也が、力強い突き上げを開始させた。

「あっ、あっ、あっ」

深く突き刺さってくる先端に押し出されるようにして、半開きの口から嬌声がひっきりなしにこぼれ落ちる。

狭い肉筒を限界まで押し拓き、切っ先で繰り返し最奥を攻めながら雅也が恍惚とした表情で言ってきた。

「司のこの顔が……何度も夢に出てきました……でも……やっぱり本物が一番綺麗だ」

身体が浮かび上がるほど一際激しく突き上げられた瞬間、血管が浮いてはちきれんばかりだった司の昂ぶりがついに限界を迎える。

甲高い嬌声が尾を引いて、ぱた、ぱたと白濁がまるで花が散ったみたいに床に飛び散った。すぐに温水に巻き込まれて排水口へと流れていく。

達した直後の敏感な肉壁を、まだ硬く張り詰めた自身で執拗に擦り上げながら、

「先に一人でイクなんてずるいですよ？　……ああ、そうだ」

「……そんなこと、言われても……あ、やっ、何……っ」

まだ一度も吐精していないのに、雅也はおもむろに自身を引き抜いてしまった。

深く埋め込まれていたものが消えて、司は空虚感に戸惑った。若い身体は早くもまた疼き始めている。開ききった後孔からは何かがとろりと滴り落ちてきそうだ。意識して力を入れて閉じようとするが、入り口が物欲しげにひくひくと蠕動するのを止められない。

熱のこもった吐息が漏れた。もぞりと内股を擦り合わせたその時、雅也にゆっくりと身

体の向きを変えられる。

壁に大きな鏡が嵌め込んであり、映り込んだ自分の全裸にぎょっとした。

「ちょ、ちょっと……まさや……？」

曇り止めのついた鏡越しに目が合った彼は、何も言わずにただ微笑む。そしていきなり背後から司の右足を掬い上げてきた。

「ひ、やあっ」

まだ十分にやわらかいそこへ、再び火傷するかと思うほどの熱の塊が一気に埋め込まれた。身体ごと押し出されるようにして鏡に両手をつく。

鏡面に見たこともないような自分の顔が映っている。涙で潤んだ瞳に、上気した頬。撥ね上がり気味の眉が切なそうに下がり、半開きの口元から赤い舌が覗いていた。熱い吐息で鏡が一瞬白く曇る。曇った上をしがみついた手のひらが滑り、またいやらしい自分の顔が浮かび上がった。

「……あ……っ、や、何で……ぁンっ」

鏡に押し付けられるようにして背後からゆるく突き上げられる。尖った胸の粒が冷たい鏡面に押し潰されて、揺れる劣情が挟み込まれるようにして擦り上げられた。

「この鏡も昔のままですね。浴室はほとんど当時のままで手が加えられてない」

ゆるやかな抽挿を繰り返しながら、雅也が鏡に縋りついていた司の身体を引き寄せる。

「あ……っ」

雅也に体重を預けるようにして片足で立たされた。鏡越しに再び目が合って、雅也が陶然と微笑んでくる。だが司はとてもじゃないが笑えなかった。鏡に映る自分の首から下はとても正視するにたえられない像なのだ。

すらりと細い右足が高く掲げられ、その奥で自分と雅也がしっかりとつながっている様子が生々しく映し出されていた。

赤く捲れた粘膜が太い雅也のものをうまそうに咥えている。女のように男を咥えて勃起しているはしたない自分の姿をまともに見せつけられて、司はあまりの羞恥に思わず顔を背けた。

「どうしたんですか？　そんなに顔を真っ赤にして」

耳朶を甘噛みされながら、ねっとりと囁かれる。

「ほら、前を向いて……今度は、俺の宝物をあなたにも見せてあげますから」

そう言うと、雅也は徐々に腰の動きを速めてきた。

「あっ！　は……ぅン、……ふ……っあ、ぁン」

涙で潤んだ視界に、自分の喘ぐ顔が飛び込んでくる。想像した以上に気持ちよさそうな陶酔した表情に我ながらぞくりとした。いつもこんな顔をして雅也に抱かれていたと知ると、ますます身体が熱を帯びるようだった。全身でよがっている姿を見尽くされていながら、よくも気持ちを見破られなかったと思う。こんなにも溢れ出しているのに。

「……ふっ……はぁ…っ…ほら、綺麗でしょう？　……身体中が薄いピンク色に染まって、ここだけいやらしいくらいに赤い……」

つんと尖った小さな胸の粒をきつくつままれて、司は大きく仰け反った。

「……何度もキスをしたせいで唇がふっくらと腫れ上がって、少し上向きに開いた隙間から白い歯と真っ赤な舌が見えているのもエロくて好きなんです」

嬌声が上がり続ける半開きの唇をからかうように指先が軽く弾いた。

鏡越しに見つめられて、視線を逸らすことができない。実際に触れられていない部分までもが鏡の中の雅也に視姦されているみたいだ。どうしてしまったのかと自分でも怖くなるほど、今までにないくらいに身体の芯が疼き、くるおしいほどに昂ぶっている。

雅也に見つめられながら耳元で熱っぽく囁かれた。

「……大きな目も涙で潤んでとろんとしている。知ってましたか？　そんな目で見つめられると、俺はいつだって理性が吹き飛ぶんです」

ゆるゆるとわざと見せつけるようにもどかしい動きを見せていた雅也が、不意に激しく

突き上げてきた。

倒れないように片腕で司の腰を支え、もう片方で右足を抱えながら、背後から何度も何度も腰を打ちつけられる。

肌のぶつかる音が鳴り響く。自分の喘ぎ声に混じって聞こえてくる雅也の息遣いも一層荒くなっていくのがわかった。

「ぁっ、ァ……もう、イキそう……っ」

「……っ……俺もです……っく」

切羽詰まった雅也の声が聞こえ、呻くような低い喘ぎが漏れた瞬間だった。

散々擦り上げて熟れたそこに勢いよく熱い迸りが叩きつけられる。濃厚な体液で内側がとろりと濡れていく感触に司はぶるりと身震いした。

「ああっ――――」

一度目よりも少し薄まった二度目の白濁が、鏡の二人を淫らに濡らしていた。

◆◇◆

バイトを終えて帰宅し、玄関扉を開けようとした途端、いきなり内側から開いたので驚いた。

「おかえり」

まるで見計らったかのように出迎えてくれた雅也に、司は唖然となる。

「……びっくりした」

「たまたまそこの窓から司がアプローチを歩いてくるところが見えたんですよ」

嬉しそうに微笑んだ彼は「どうぞ」と扉を大きく開けて、司を中に招き入れた。

広い玄関ホールに一歩足を踏み入れ、漂ってきた匂いに思わず腹の虫が鳴く。

「おなかがすいたでしょう。食事の仕度ができてますよ」

ダイニングテーブルの上にはプロ顔負けの料理が並んでいた。

先日、主演ドラマが平均視聴率トップを独走状態で堂々の最終回を迎えたばかりだ。今日は半年ぶりに半休をもらった雅也が随分と張り切ったらしい。

「……お前って、本当に何でもできるんだな。厭味なヤツ」

ついついいつもの癖で憎まれ口を叩き、おいしそうな料理を眺める。涎が垂れそうだ。

「このソースに入ってるの、イチジク？　この時期に珍しい、わざわざ買ってきたのか」

肉料理のソースに混じった果肉をまじまじと見つめていると、声が返ってくる。

「ああ、それは実家でもらってきたんです」

司は思わず振り返った。

「実家に行ってきたのか。何だ、それなら言ってくれたらよかったのに。真紀子《まきこ》さん、元気だった？　ああ、再婚したからもう恩田じゃないんだっけ。えーっと、今は……」

「豊島《とよしま》です」と雅也が朗らかに答える。恩田は彼の母親の旧姓だ。

「元気ですよ。今度は司も一緒に俺の実家に遊びに行きませんか？」

「え？　俺も？」

「母に会ってやってほしいんです。旦那様と奥様の訃報を知ってから、司のことをずっと気にしてましたから。今、一緒に住んでいると話したら是非会いたいと」

「――おっ、お前、そんなことまで話したのかよ！」

「いけませんでしたか？」と雅也がわざとらしく首を傾げてみせる。

「偶然再会して、一緒にこの家に住んでいると話したら母は大喜びしてましたよ。今は家賃を払って借りてますけど、いずれ買い戻す予定ですからね。目標があると仕事もやり甲斐があります。ああそうそう、また今度も殿村さんと共演することが決まったんですよ。あの人との仕事は勉強になるし、やっぱり楽しい。いまだに司のことを訊いてくるのは気に入らないですけどね」

夢を語る雅也は嬉しそうだ。そしてそれは司の夢でもある。せめてその時が来たら資金の一部くらいは出せるようにと、今はせっせと貯蓄中だ。

「実は弟がいるんですよ」と唐突に雅也が言い出した。

初耳な話に司がきょとんとすると、雅也がおかしそうに笑って、「二十以上も離れてますけどね」と付け加える。

「すごい年の差だな。そのうち隠し子疑惑でまた週刊誌に載るんじゃないの？」

「それもおもしろいかもしれませんね。オムツも替えたし、ミルクも飲ませましたから」

「いいパパっぷりだな」

想像してけらけらと笑っていると、なぜか雅也は思い出し笑いをしてみせ、

「司のオムツを替えた経験が今頃になって活きるとは思いませんでしたよ」

ぎょっとした。顔を赤らめて口をぱくぱくさせている司に、雅也はにっこりと微笑む。

「是非、司にも会わせたい。今、幼稚園に通っているんですが、かわいいですよ」

「……さっそくブラコンかよ。お前、かわいがりすぎて鬱陶しがられてんじゃないの？」

「そういう意味ではあなたと気が合うかもしれませんね」

突然、背後から耳元で囁かれてぞくりとした。息を吹き込まれるようにして問われる。

「俺の愛はそんなに鬱陶しいですか？」

全身の産毛が逆立ち、膝の力が抜けて頽《くずお》れそうになった。

「悲しいですね。俺はただあなたが好きで好きで仕方がないだけなのに」

「……や、やめろよ。そうやって耳元で喋るの、お前の声、何かダメなんだって」

「どういうところがですか？　あなたにダメ出しされると落ち込むじゃないですか」

耳朶を甘噛みされて、思わず甘ったるい声が鼻から抜けた。

「……っ、ヤバ……ちょ、雅也離せって、俺、腹減ってるんだって……っ」

「ああ、そうそう。外は寒かったでしょう、ミネストローネも作ったんですよ」

「……え？　あ」

ねっとりと絡みついていた腕がするりとあっけないほど簡単に引いていき、司は面食らった。……ミネストローネ？　あれだけ濃密な雰囲気だったのにミネストローネ？　予想外の肩透かしを食らって、司はむくれながら膝をもぞりと擦り合わせる。

「まずは腹ごしらえをしないと。……あなたはスタミナが足りないですから」

「――――！」

耳朶に軽く音を立ててキスを落とされて、司は「ひゃっ」と思わず変な声を上げてしまった。気にしたふうもなく去っていくスリッパの音を背中越しに聞きながら、カアッと一気に顔が熱くなる。唇を噛み締め、微かに兆し始めていた下肢を隠すようにしてずるずるとしゃがみ込みながらテーブルに突っ伏した。

背後で何事もなかったかのように鍋を掻き回している雅也が恨めしい。

「……真紀子さんの自慢の息子、実はすげえ猫被りでひねくれまくってるんだぞ」

甘酸っぱい香りのソースを行儀悪く指先で掬いながら、司は独り言ちる。

「それでも、悔しいくらい俺は好きなんだけど……甘っ」

ちらと振り向いた先、まるで司が呼びかけたかのようなタイミングで雅也が振り返り、にっこりと幸せそうに微笑んだ。

あとがき

こんにちは。または、はじめまして。

この度はお手に取って下さってありがとうございます。榛名です。

今回のテーマは「下克上」。ということで、個人的にはあまり書いたことのないタイプの攻めに挑戦してみました。いかがでしたでしょうか。濃いキャラになっているといいのですが。

本書の制作に携わって下さったすべての皆様に感謝申し上げます。

今回イラストをご担当下さいました宮沢ゆら先生。悪魔バージョンの攻めをたくさん見られて幸せです。お忙しい中、素敵なイラストの数々をどうもありがとうございました。

お世話になっております担当様。今回もいろいろとご迷惑おかけしました。いつもいつも本当にありがとうございます。精進しますので、これからもよろしくお願いします。

そして最後に、ここまで読んで下さった読者の皆様に心よりお礼申し上げます。

少しでもお楽しみいただけたらこれ以上の喜びはありません。

どうもありがとうございました。またお目にかかれますように。

榛名　悠

プリズム文庫をお買い上げいただきまして
ありがとうございました。
この本を読んでのご意見・ご感想を
お待ちしております!

【ファンレターのあて先】
〒153-0051 東京都目黒区上目黒1-18-6 NMビル
(株)オークラ出版 プリズム文庫編集部
『榛名 悠先生』『宮沢ゆら先生』係

プリズム文庫

下僕は従順な悪魔

2012年7月23日 初版発行

著 者 榛名 悠
発行人 長嶋正博
発 行 株式会社オークラ出版
〒153-0051 東京都目黒区上目黒1-18-6 NMビル
営 業 TEL:03-3792-2411 FAX:03-3793-7048
編 集 TEL:03-3793-8012 FAX:03-5722-7626
郵便振替 00170-7-581612(加入者名:オークランド)
印 刷 図書印刷株式会社

©Yuu Haruna /2012 ©オークラ出版
Printed in Japan ISBN978-4-7755-1871-7

本書に掲載されている作品はすべてフィクションです。実在の人物・団体などにはいっさい関係ございません。無断複写・複製・転載を禁じます。乱丁・落丁はお取り替えいたします。当社営業部までお送りください。